# VALERIA MARTINI

# Birrosa Parsley

## La gatta scrittrice

Vol. I

In copertina illustrazione di Gale

A chi ama le piccole cose

# INDICE

# RINGRAZIAMENTI

A chi ha sostenuto il mio lavoro,

a chi crede in ciò che faccio e in come lo faccio.

Ad ognuno di voi va il mio amore.

Mi chiamo Birrosa Parsley e ho imparato a scrivere.

Scrivo con l'unghia appuntita della mia zampa anteriore sinistra.

Questa attività la svolgo per lo più la sera, quando tutto diventa silenzioso e il suono della mia unghia sulla carta produce quella che sembra una piccola melodia.

Nella casa in cui vivo c'è anche Wiko, ed è proprio di lui che adesso voglio parlarvi.

# IL MIO AMICO WIKO

Wiko ha quattro anni più di me. Anche lui è nato in Aprile ed è stato un regalo.

Noi sappiamo di essere gatti perché l'abbiamo sentito dire e quindi abbiamo capito che i gatti sono diversi dagli altri animali e certamente lo sono dall'uomo.

Ma vi posso assicurare che queste sono categorie puramente razionali. Nel nostro mondo funzionano gli istinti e, sempre più spesso, quella cosa che anche gli umani chiamano Energia. In questo Wiko, il bel Wiko oserei dire, è un vero campione. Aveva appena due mesi quando fu regalato a Sándor che, essendo fondamentalmente un solitario, a quel tempo si negava ogni tipo di romanticismo, vivendo da solo nella sua casa non distante dal teatro della cui orchestra era direttore stabile da qualche anno.

La vita di Wiko in quel periodo era davvero straordinaria,

tutta rivolta alla scoperta dell'ambiente in cui si trovò a vivere dopo il brusco distacco dalla madre e soprattutto dalla sorella che, seppe in seguito, fu chiamata Micia.

Più volte Godet, la moglie di Sándor, ha commentato con un pizzico di ironia e un leggero sbigottimento l'assenza di fantasia e l'evidente disinteresse che il padrone di Micia aveva avuto nei suoi confronti, al punto di non fare il minimo sforzo per trovarle un nome adeguato. Era come chiamare il proprio figlio Figlio, o al più Persona e questo l'aveva sempre lasciata sgomenta: nella sua famiglia i nomi sono di estrema importanza, le sue non lontane radici ebraiche avevano lasciato una certa impronta.

Quanto a Wiko, si diceva, era stato catapultato in una nuova realtà tutta da conoscere e per questo non faceva che andare alla scoperta di ogni angolo della casa, spesso collezionando degli sganascioni da primato, soprattutto per quelle che Sándor definiva come delle spedizioni punitive verso le sue piante ornamentali a cui teneva tanto e che per Wiko erano così attraenti da fargli, lì per lì, dimenticare le ultime sgridate ricevute.

Una volta esplorato tutto il territorio e con il passare del tempo, la vita di Wiko si fece molto più tranquilla e a tratti monotona, se non fosse stato per le tante ore trascorse sul divano in salotto, appallottolato e sonnecchiante ma con le orecchie ben tese, ad ascoltare musica, per lo più classica, che Sándor lasciava accesa in sottofondo anche quando non era in casa. Così se io ho il dono della scrittura, Wiko è di certo uno dei gatti musicalmente più colti della città.

Non solo è un bellissimo maculato grigio, dal pelo lucido, ben curato e completamente inodore, per di più le simmetrie del manto e gli enormi e ammalianti occhi verdi si sommano alla sua fama di gatto colto e schivo, oltreché estremamente diffidente.

Tutte queste qualità hanno fatto di lui una piccola celebrità nel nostro ambiente, invidiato dagli altri maschi della zona che avrebbero dato via i baffi pur di toglierlo di mezzo e ambito da quelle gatte languide e talvolta sfacciate che, per contro, avrebbero fatto fuori me.

In realtà io e Wiko siamo solo due buoni amici, ma nel frattempo ci divertiamo a fare lui il bellimbusto colto e sprezzante del gentil sesso ed io la scrittrice distratta e con la testa tra le nuvole.

Si deve però sapere che anche nel nostro mondo le apparenze ingannano. Per essere certi di come stiano le cose, è necessario conoscere i diretti interessati ma anche così non si può essere sicuri del fatto che ciò che si è visto un po' più da vicino assomigli alla verità.

Per sapere davvero come stanno le cose, ci si deve stabilire un contatto intimo, che si tratti di persone o, in questo caso, di gatti. Tuttavia potrebbe non bastare ancora. È necessario entrare nelle emozioni e comunicare da cuore a cuore, sì... anche nel mondo felino.

Comunque Wiko era diventato un vero campione in quella faccenda dell'Energia di cui ho accennato qualche riga fa.

Non riuscivo a spiegarmi come mai spesso scappasse a nascondersi quando qualcuno bussava alla porta di casa o suonava il campanello. Ancora meno capivo la sua fuga in altre occasioni, come quando Godet, vedendo arrivare i suoi ospiti dalla parete finestrata dello studio, accorreva con il solito entusiasmo ad accogliere amici o parenti, ancor prima che questi avessero avuto il tempo anche soltanto di sfiorare il pulsante del campanello. Quindi non potevo continuare a pensare che fosse quell'orribile squillo a spaventare Wiko e a metterlo in fuga.

Lui sapeva sempre quando era il caso di infilarsi in uno

dei suoi nascondigli oppure no. Mi sono più volte chiesta in base a cosa scegliesse. Perché con alcuni sentiva il bisogno di sparire dalla circolazione e con altri, invece, non avvertiva questa necessità? Perché alcune persone quasi correva ad accoglierle e con altre si faceva vedere giusto un attimo prima che se ne andassero?

Rimasi a osservare questo comportamento per diverso tempo ma non giunsi a nessuna spiegazione valida. Così un pomeriggio, appena vidi che Wiko si stiracchiava e prima che piombasse nell'ennesimo pisolino della giornata, mi avvicinai, diedi una zampata alla sua coda e, dopo una sana e ritemprante azzuffata, gli chiesi quale criterio seguisse per scegliere chi fosse degno o meno della sua presenza.

"Seguo il criterio dell'Energia. Ti raccomando di pensare a questa cosa con la *e* maiuscola".

"Bene" risposi, forse Wiko immaginava che tutto questo sarebbe finito nei miei appunti e, infatti, scrissi Energia proprio con la *e* maiuscola. A quel punto gli chiesi quale fosse la differenza con l'energia dalla *e* minuscola e lui diede una di quelle risposte che sanno tanto d'insegnamento.

Si schiarì la voce e, secondo me, la impostò in un tono accademico dicendo:

"Vedi Birrosa, l'energia è un concetto con cui molte persone amano riempirsi la bocca in discorsi su ciò che hanno percepito negli altri, nelle case in cui sono stati ospiti, nella natura e persino nei pianeti. Dubito che in realtà sappiano di cosa si tratti e siano davvero in contatto con la propria Energia. Un giorno potremo scriverla con la *e* maiuscola, ma solo a patto di conoscerla davvero e così poter parlare anche di ciò che accade al di fuori di noi stessi con cognizione di causa, persino del sole".

"Vuoi dire che sei giunto al punto in cui riconosci la realtà dell'altro fino a poterne parlare attraverso questa cosa che chiami cognizione di causa?" chiesi tutto d'un fiato.

"Questo non te lo posso assicurare. Tuttavia sono certo di ciò che sento quando c'è o è in arrivo qualcuno e tanto mi basta per decidere se posso restare o se è meglio cercare riparo. E poi è da anni che Sándor tiene appesa in casa quella pergamena dove, tra le tante cose, si raccomanda di evitare le persone prepotenti e aggressive poiché sono un tormento per lo spirito. Ecco, quando sento quel tormento, mi defilo e vado a stare in un posto in cui la mia pace non è turbata. Può anche darsi che ciò che sento possa rappresentare un'occasione di crescita interiore, ma non credo sia qualcosa che interessi noi gatti, mentre penso che sia di estrema importanza per gli esseri umani, anche perché sono in gioco le emozioni" replicò Wiko.

"Tu credi questo? Tu pensi che a noi gatti non serva? Allora se non c'è che un flebile legame in questa faccenda dell'energia, noi cosa ci stiamo a fare in una casa? È forse solo per avere l'etichetta di animali domestici? Non credi che anche noi abbiamo delle emozioni?" aggiunsi.

Wiko mi guardò con quei suoi profondi e allo stesso tempo trasparenti occhioni verdi e, tralasciando la mia domanda sulle emozioni, mi raccontò di una specie di monologo cui una volta prestò molta attenzione.

Mentre lo pettinava a dovere e si compiaceva delle fusa che riceveva in cambio, Sándor si era lasciato andare in considerazioni che da quel momento divennero della massima importanza per il mio amico.

La cosa iniziò in questo modo: "Wiko! Pss, pss-pss! Dai Wiko vieni! Dai!"

**Tin-tin-tin!!!**

Questo era l'inconfondibile suono sul pavimento del bordo in metallo della spazzola a denti fitti e sottili che Sándor usava per pettinare e allo stesso tempo coccolare

Wiko, e il fatto di pettinare, non si sa come, favoriva molto spesso delle lunghe disquisizioni.

Sándor iniziò così il suo monologo: "Wiko, io a volte ti invidio per la profonda ignoranza nella quale ti trovi, perché penso che questo ti semplifichi la vita. In fondo non hai nessuna preoccupazione, qui c'è qualcuno che ti striglia, ti coccola, ti fa giocare e ti offre cibo e riparo, oltre che assicurarsi che la tua cassetta dei bisogni sia sempre pulita. Tra me e te, mi pare che il più fortunato sia tu... ma tanto chissà se capisci cosa sto dicendo?! Sai Wiko, ho cercato di comprendere come mai voi gatti, e a dire il vero anche altri animali, nonostante un marcato istinto, in certi casi per giunta predatore, possiate stare così bene in una casa. A volte sembra persino che capiate tutto! Chissà se esiste un progetto che, andando un po' oltre la nostra umana comprensione, prevede un vostro passaggio di livello, non so, come la nascita e lo sviluppo di una vostra coscienza e per noi il compito di favorirla? Già, ma come? Mmh... Godet avrebbe la risposta pronta, vero Wiko? "

E Wiko proseguì: "Poi Sándor ripose la spazzola, mi diede un buffetto sulla fronte e andò a prepararsi un caffè".

"E tu non hai mai saputo quale sarebbe stata la risposta

pronta di Godet?" chiesi a Wiko in tono allarmato.

"No, non l'ho mai saputa. Ma se ci pensi un attimo Birrosa, con molta probabilità Godet avrebbe proposto una di quelle sue idee sul prendersi cura del prossimo, sull'accoglienza, sulla capacità di donare in maniera incondizionata... "

"Maniera incondizionata? Ma cosa vuol dire, Wiko?"

"Vuol dire senza condizioni, cioè senza aspettarsi niente in cambio. Comunque ciò che mi è maggiormente rimasto impresso è il fatto della coscienza e della possibilità che l'uomo avrebbe di aiutare gli animali in questo progresso evolutivo. Forse è per questo che stiamo in una casa".

"Wiko, parli davvero molto bene, ma cosa vuol dire progresso evolutivo? Mi sembra così difficile!" aggiunsi, cominciando a sentire che le idee s'ingarbugliavano in testa.

"Da quanto ne so e ho avuto modo di sentire nei discorsi tra Sándor, Godet e certi loro amici, il progresso sarebbe un moto in avanti delle cose, della vita perfino. Questo movimento ha la caratteristica di portare bene e crescita a chi ne è coinvolto e di non arrecare danno a chi, invece, non è ancora pronto per tale progresso. Il termine evolutivo credo che riguardi una crescita nella qualità, una specie di possibilità di fare un gradino in più nella scala dei miglioramenti possibili. Rimani comunque un gatto, ma con delle capacità nuove che non cancellano le vecchie e semmai le incorporano e le ampliano".

"Forse inizio a capire. È come se invece di stare lì a leccarmi il pelo, un giorno imparassi a farmi la doccia come fanno gli umani?" domandai senza prendermi troppo sul serio.

"Può darsi cara e sono più che certo che poi inizierebbero a pretendere che dopo la doccia si lasci tutto pulito e in ordine!" aggiunse Wiko in tono ironico.

Dopo questo dialogo restammo uno a fianco all'altra in silenzio per un po', fino a quando Wiko non iniziò ad agitare la coda, fatto che per me rappresentò l'invito ad una seconda ed inebriante azzuffata che immediatamente ci restituì la nostra dimensione di gatti normali ancora privi, forse, di quella cosa che per Wiko era diventato così importante scoprire: la coscienza.

# VIVIANA
# E LA MAGIA DEL DISTACCO

Per me scrivere è come una magia che sprigiona il suo potere proprio quando non so cosa scriverò, una specie di decisione intima sul lasciare che le parole vengano da sé, come un'esplorazione senza un preciso obiettivo.

Del resto è così che tutto ha avuto inizio, per gioco e ovviamente con curiosità.

La stessa curiosità di quel giorno in cui ho sentito Viviana, un'amica di Sándor e Godet, che faceva uno strano discorso. Lei è una psicologa, anche se non so cosa voglia dire, ed è una bella ragazza bionda dai profondi occhi color marrone. Viviana cercava di spiegare il suo punto di vista sulla necessità di trovare il giusto distacco dalle cose che si amano di più. Non fu facile capire il suo ragionamento. Per tutti i presenti quella sera a cena era semplicemente assurdo immaginare di non sentirsi attratti da ciò che si ama e si desidera maggiormente.

A un certo punto ha iniziato a nominare una cosa che si chiama vincolo. Non sapevo proprio cosa fosse, ma subito Viviana lo ha descritto come ciò che può limitare la libertà dell'altro o anche delle situazioni in cui quotidianamente si vive. Per lei l'amore è libertà, quindi assenza di vincoli, perciò amare significa lasciare un certo margine tra se stessi e le cose. Questo spazio creato dal margine è il distacco, una sorta di zona franca di infinite possibilità che si muovono e organizzano per portarci verso la meta desiderata o le persone da noi amate.

Sarebbe proprio questo movimento imperscrutabile la ragione del successo di quelle persone che sono in grado di essere distaccate.

Viviana ricevette una miriade di obiezioni e quando Sándor le chiese se per caso fosse fatalista, dato che il suo discorso poteva farlo intendere, lei si affrettò ad affermare che non lo era mai stata e mai sarebbe accaduto, ma che le sarebbe piaciuto un giorno essere disponibile a lasciare quello spazio di infinite possibilità.

Stava parlando dell'assenza di controllo, la rara qualità

delle persone che vivono in maniera fiduciosa e ottimista.

Quella sera me ne stavo allungata sul davanzale della grande finestra del salotto che dà sulla veranda. L'aria era piacevolmente frizzante e nonostante sembri che noi gatti perdiamo l'ottanta per cento di ciò che ci accade attorno per via dei continui sonnellini, in realtà abbiamo tutto a portata di orecchie.

Per giunta, come spesso Sándor dice, le orecchie non hanno palpebre, intendendo con ciò che è molto difficile non udire le voci di chi sta parlando non distante da te.

L'aria frizzante, le orecchie senza palpebre e questo strano argomento del distacco erano gli ingredienti giusti e sufficienti affinché io registrassi tutto nella mia memoria e lo riportassi in seguito nei miei appunti.

La faccenda rimaneva comunque poco chiara e, rileggendo il mio taccuino, avevo la sensazione che in questo meccanismo del distacco dalle cose che ami qualche ingranaggio non fosse stato ancora sistemato a dovere o semplicemente andasse lubrificato. Sta di fatto che nella mia mente, a un certo punto, qualcosa si inceppava.

Decisi di sottoporre la questione al Comitato Felino per la Comprensione delle Incomprensibili Faccende Umane, che avevamo stabilito di chiamare Caos.

Il nome Caos mise d'accordo tutti noi membri del comitato, dopo aver tentato invano per settimane di trovare un acronimo incisivo. Del resto Caos era la parola che riassumeva alla perfezione lo stato in cui si trovavano certe situazioni umane.

Compilai il modulo di richiesta per la convocazione del comitato. Lo chiamiamo modulo ma in realtà non è altro che una buca nel terreno, ai piedi di un grande faggio, nella quale si depositano delle crocchette e, per le questioni più urgenti o annose, si aggiunge altro cibo.

Depositare le crocchette corrisponde alla fase di compilazione del modulo, alla quale segue quella di sottoscrizione. Il primo ad apporre la sua firma è il richiedente, cioè chi convoca l'assemblea del Caos. La sottoscrizione consiste nel lasciare un ciuffo del proprio pelo e l'orma della zampa anteriore destra in un'altra buca di forma rettangolare che viene periodicamente riempita di sabbia. I partecipanti all'assemblea danno la loro adesione lasciando il ciuffo di peli e l'orma di seguito a quella del richiedente ma in più possono portare via una piccola quantità del cibo contenuto nella prima buca, un modo per motivarli a partecipare.

Da questa descrizione della convocazione potete capire che, prima di scomodare il Caos, un gatto deve davvero pensarci bene.

Infatti, mi costò un sacco di lavoro, soprattutto la fase di trasporto delle crocchette che da casa dovevano giungere, possibilmente ancora fragranti, ai piedi del grande faggio. Fortunatamente avevo trovato un metodo efficace, ma pur sempre faticoso: riempire di crocchette un barattolo di plastica dal tappo svita-avvita e poi farlo rotolare con pazienza fino a destinazione. Questa trovata ebbe molto successo, tanto che da allora quando qualcuno intende convocare il Caos fa prima un salto da me per chiedermi in prestito il barattolo. Tutto ciò mi permette di sapere in anticipo l'imminenza di una riunione del Comitato Felino per la Comprensione delle Incomprensibili Faccende Umane e quindi di prepararmi bene all'evento.

La data per l'assemblea è resa nota, come di consuetudine, dal presidente in carica che ha il compito di far sapere se si terrà il primo, il secondo, il terzo o il quarto venerdì del mese. Il giorno è dunque sempre lo stesso, per sapere invece in quale settimana, si usano i topolini finti, quelli rivestiti di piumette che i nostri padroni di casa acquistano con il proposito di farci giocare e tenerci attivi. Se si tratta del primo venerdì del mese, ai piedi del grande faggio si mette un topolino, se il secondo se ne mettono due e così via.

Si capisce bene che i topolini in questione rappresentano una merce di primaria importanza per noi gatti che, infatti, appena ne riceviamo uno nuovo, corriamo a nasconderlo in modo da averne sempre un certo numero a disposizione, non si sa mai, nel caso si venisse nominati presidenti del Caos...

Questo nostro comportamento dà forse una risposta alla domanda che Godet faceva abitualmente a Sándor.

"Dove finiscono i topolini che compriamo per Wiko e Birrosa? Ogni volta fanno in tempo a giocarci per mezza giornata e poi non si vedono più, chissà dove spariscono? Secondo te li nascondono?"

Una sera Sándor decise di dare una risposta concreta a Godet, come se lui avesse l'obbligo o anche solo la facoltà di saperlo. Sta di fatto che perlustrò la casa da cima a fondo e proprio mentre stava per arrendersi pensò che, in effetti, a noi piace tanto stare in giardino e che più volte ci aveva visto bazzicare nei pressi di un vecchio capanno di legno che ora è usato come deposito per gli attrezzi da giardino e altre cianfrusaglie.

Dopo essere entrato nel capanno, Sándor fu sopraffatto dalla sensazione di star perdendo il suo tempo, ma poiché non aveva mai rinunciato a dare una risposta a Godet, né mai si era tirato indietro quando si trattava di vederla contenta, proprio mentre sostava sull'uscio scorse, tra la penombra e le strisce di luce che penetravano dalle fessure nelle assi del soffitto, la coda di uno dei nostri topolini che, per la fretta, non era stato nascosto a dovere.

Il nascondiglio concordato da me e Wiko era lo spazio tra il pavimento e la base, che era un poco staccata da terra, di una vecchia stufa a kerosene.

Sándor piegò le gambe per abbassarsi e così avvicinarsi per vedere più da vicino se quella strisciolina grigia e sottile fosse effettivamente ciò che a lui sembrava. La conferma giunse quando tirò fuori quello che a essa era attaccato: il corpo di un topolino nuovo di zecca.

Essendo incredibilmente pignolo, in quel frangente non si accontentò del ritrovamento, volle cercare ancora. S'inginocchiò, piegò il resto del corpo in avanti sostenendosi sulle braccia, poggiò una guancia a terra e, in quella posizione indegna, con un occhio intravide, sotto la vecchia stufa, la sagoma dei topolini che nel tempo io e Wiko avevamo messo da parte.

Gridò fortissimo il nome di Godet, cosa che non accadeva mai se non in casi eccezionali, per cui lei sapeva che a tale richiamo doveva rispondere nella maniera più celere possibile. Arrivò di corsa, talmente veloce che aveva ancora uno dei suoi pennelli in mano.

"Tu non mi crederai eppure ho finalmente la risposta al tuo quesito sui topolini" disse Sándor con entusiasmo.

"Ma io non vedo nulla!" replicò Godet.

"Inchinati e guarda sotto la vecchia stufa" la invitò Sándor.

Così fummo scoperti.

Sándor e Godet si fecero una sonora risata, poi con due bastoni trovati nel capanno, iniziarono a tirare via da sotto la stufa tutti i nostri topolini.

Erano ben trentotto, faticosamente tesaurizzati in gran parte da Wiko e un po' con il mio contributo. Ci guardammo e decidemmo che non era il caso di farne un dramma, ma certamente avremmo dovuto iniziare da capo e soprattutto urgeva trovare un nuovo e più sicuro nascondiglio.

E comunque il Caos fu convocato per il primo venerdì di Settembre.

Preparai una sintesi del discorso che avevo sentito fare a Viviana e lo esposi all'assemblea riunita all'ombra del grande faggio.

"Gatte e Gatti qui presenti oggi, il Caos si riunisce non solo per cercare di capire alcuni comportamenti umani, ma anche per tentare di comprendere cosa si agiti nel loro cuore e nella loro mente al punto da indurli ad agire in quei modi che spesso noi felini riteniamo privi di senso. Avendo ormai noi tutti compreso che alla base delle azioni umane vi è sempre un certo modo di pensare, vi espongo la teoria di Viviana che essa stessa chiama con il nome di 'Magia del Distacco'. La parola magia non deve farci pensare in maniera superstiziosa a nessuna formula magica, anche se sappiamo bene come spesso ed erroneamente in passato l'essere associati alla magia non fu proprio un buon affare per noi gatti. Con *magia* ci riferiamo alla condizione di benessere, serenità e accoglienza cui conduce la capacità di esercitare un certo distacco proprio da coloro che amiamo o dalle situazioni che più ci stanno a cuore. Il mio dubbio è sul modo in cui si possa riuscire a non sentirsi troppo coinvolti proprio nelle situazioni coinvolgenti o, ad esempio, quando c'è un gatto che mi piace tanto" conclusi così, con ironia e in un modo che sembrava lasciare aperto un quesito.

Prese la parola Buccia.

Questo nome le fu dato perché trovata, ancora cucciola, addormentata sopra una catasta di buccia di patate depositata appena di là dall'uscita di servizio di un noto ristorante della città.

Buccia si meravigliò all'ipotesi che potessi provare attrazione per un gatto, giacché per lei altro non sono che una piccola sciocca con la testa tra le nuvole e la fissa della scrittura, tuttavia portò un bell'esempio: "Forse tu di certe cose non ne sai nulla e se mai un giorno il gatto dei tuoi fantasiosi sogni dovesse notarti, proprio in quel momento, se vuoi che cada tra le tue zampe, devi fare un poco la preziosa e vedrai che non potendoti avere subito, impazzirà per te".

I gatti maschi e scapoli presenti, sgranarono gli occhi e rizzarono i baffi alla rivelazione di un segreto che fino a quel momento, essendogli sconosciuto, li aveva visti incastrati tutti tra le grinfie della gattona di turno. Tutti tranne uno s'intende: il bel Wiko.

Fu poi la volta di Scherzo, un gatto enorme che deve il suo nome al fatto di avere un occhio azzurro e l'altro giallo, le zampe anteriori bianche, quelle posteriori nere, il manto rosso, la coda grigia e tra gli occhi una macchia, anch'essa grigia, a forma di S.

"Bene, buono a sapersi cara Buccia. Quale delegato del gruppo degli scapoli, l'ormai noto Toccata e Fuga Clan, ti ringrazio a nome di tutti. Staremo ancora più attenti a non farci incastrare con l'inganno!"

A queste parole, un gruppetto di gatte eternamente languide che avevano costituito il PURR-PURR Club, si volse verso Buccia e, mostrando le unghie ad artiglio ben affilate e tirate a lucido le fecero capire, con questo semplice gesto, che la faccenda sarebbe stata sistemata a dovere in separata sede.

Intervenne Rosabianca, una bellissima gatta tutta bianca ad eccezione di una macchia rosa a forma di rosa che ha sulla fronte.

Con il suo fare elegante e pacato, disse: "Chiedo scusa

gentili membri del Caos, ho come l'impressione che stiamo uscendo fuori tema. Ciò a cui Buccia si riferisce credo che possa riassumersi in un'unica parola: possesso. Mi pare sia l'esatto opposto del distacco. Se il Caos lo riterrà opportuno, discuteremo il tema del possesso in una prossima assemblea, mentre oggi ci concentreremo sull'altrettanto interessante argomento proposto da Birrosa Parsley. Pertanto se qualcuno avesse una riflessione da offrire, è senz'altro ben accetta".

Ringraziai Rosabianca e aggiunsi: "Vi sarei grata se qualcuno potesse aiutarmi a comprendere il tema che vi ho proposto e che credo possa essere utile anche a noi felini".

Wiko scosse la coda e, tra i sospiri delle solite perennemente innamorate di lui, disse: "Grazie Birrosa, questo tema e la sua comprensione potrà dare un notevole contributo anche alla questione dello sviluppo della coscienza, che sapete quanto mi stia a cuore".

Fiocchetta, una gatta di quelle sciocche e languide che in genere ansima a ogni parola di Wiko, con quel suo ridicolo collare tempestato di cristalli luccicanti, prese la parola e forse più per mettersi in mostra che per altro disse: "La coscienza è una cosa importante e il distacco consiste nel non stare attaccati".

Wiko la guardò con i suoi enormi occhi verdi, la fissò per qualche secondo, chiuse le palpebre una sola volta con un movimento lento e marcato e subito dopo distolse lo sguardo. Questo suo fare così sprezzante era un chiaro segno di disappunto. Per Fiocchetta, invece, rappresentò una forma di contatto con Wiko, rara e irripetibile occasione.

All'improvviso, quando ormai il dibattito dell'assemblea languiva, Gris chiese di parlare. Era un vecchio e quieto gatto grigio dal pelo tanto folto quanto spettinato ed era stato presidente del Caos per più di una volta. Essendo ormai avanti negli anni, aveva una certa esperienza.

"Amati amici, colleghi e conoscenti, pensate per un attimo ai nostri cuccioli: quando sono davvero piccoli le mamme se ne prendono cura in tutto, ma appena sono in grado di camminare bene, correre e procurarsi da soli il cibo, li lasciano andare. Sanno, infatti, che i piccoli ce la faranno poiché Madre Natura ha dotato tutti noi di ogni abilità necessaria per vivere bene. Se una di queste mamme gatte non riuscisse a distaccarsi dal proprio cucciolo quando esso è pronto per la vita, gli arrecherebbe un grave danno, rendendolo inadatto e sottraendogli delle importanti opportunità. Certamente nel meccanismo del distacco vi è l'elemento fondamentale della fiducia, se ogni mamma non guardasse con fiducia al suo cucciolo, egli lo avvertirebbe e questo lo renderebbe debole. La fiducia esprime amore, sempre. Noi sappiamo che l'amore è l'opposto dell'egoismo, pertanto nel distacco si realizza uno dei sentimenti più puri. L'assenza di possesso fa fluire l'amore. Questo richiede la capacità di lasciar esprimere il prossimo per quello che è e di accettare suoi eventuali errori, che tra l'altro servono per crescere. Cara Birrosa, ho atteso a lungo prima di prendere la parola poiché il tema da te proposto non era facile da spiegare, quindi ho dovuto riflettere in raccoglimento e silenzio. Ti ringrazio, spero di averti dato un proficuo contributo".

"Grazie Gris, mi hai dato un prezioso aiuto e credo anche di aver capito che il distacco lascia spazio vivo affinché ogni cosa si manifesti al meglio" replicai.

Fu infine il turno del presidente del Caos che si chiama Sharp. Fu eletto per la sua acuta intelligenza. In effetti, le assemblee sono molto più ordinate da quando per sua iniziativa fu emanato il Divieto di Zuffa per Divergenza di

Opinioni all'interno dei dibattiti.

Sharp chiuse la seduta del Caos dicendo: "Anche oggi questa rispettabile assemblea ha potuto aggiungere un tassello alla comprensione delle incomprensibili faccende umane. Vi ringrazio per la partecipazione, vi rimando a casa contenti e soddisfatti e autorizzo la zuffa tra il PURR-PURR Club e Buccia quando la seduta sarà tolta, cioè al colpo del mio maglietto".

**Toc!**

Mieaowwww!!!

## GODET E STOFFA

Quell'inverno Godet aveva otto anni, frequentava la terza elementare quando si ammalò, prese la varicella. Gliela contagiò la sua compagna di banco Sophie. La convalescenza fu lunga e ciò la costrinse a letto per quasi un mese. Una vera tortura. Dopo qualche giorno chiese alla madre Jolanda di poter andare al negozio, perché le mancava troppo stare con la nonna!

Jolanda pensò di farle un regalo, qualcosa che la distraesse dalla varicella e che le tenesse compagnia nelle interminabili ore da trascorrere nella sua stanza a sonnecchiare e disegnare.

Le mattine correvano via veloci perché Jolanda stava in casa a prendersi cura di Godet e a occuparsi delle faccende, quindi lei si sentiva meno sola, ma dal pomeriggio il lavoro portava la mamma a stare fuori di casa, così la sera diventava infinita ed anche il papà, David, non rincasava che poco prima di cena. A Godet restava la sola compagnia della baby sitter, una donna buona, ma di poche parole e scarsa fantasia.

Una mattina ricevette in regalo una gattina, bianca e con una grande macchia grigia a forma di uovo sulla schiena. Rimase stupita di questo dono perché la mamma le aveva sempre detto che noi gatti richiediamo tante cure, attenzioni e coccole e lei non aveva tempo per questo, suo malgrado.

Godet fece un semplice ragionamento: "Se la mamma non ha tempo per questa gattina e me ne sta facendo dono, forse vuol dire che crede io sia in grado di accudirla". Pensare che qualcuno la ritenesse capace di qualcosa per la quale in genere non si dà credito ai bambini, la fece sentire importante e in gamba e la riempì di iniziativa.

"Grazie mamma, me ne prenderò cura, potresti dirmi come si fa?" chiese Godet con entusiasmo.

Per Jolanda vedere che la figlia si era destata dalla varicella grazie a questo semplice dono la fece stare in minor apprensione.

Rispose quindi in maniera divertita: "Per prima cosa trovale un nome adeguato. Dovrai poi assicurarti che la cassetta dei bisogni sia sempre pulita. Non deve mai mancare l'acqua nella ciotola e due volte al giorno le darai da mangiare. Per il resto devi cercare di educarla, ma ricorda che ogni gatto ha una sua personalità. Imparerai a giocare con lei e a coccolarla e così capirai ciò di cui ha bisogno. Ti mostrerò come fare per qualche giorno, poi la lascerò totalmente alle tue cure".

"Va bene mamma. Papà che ne pensa? È d'accordo?" chiese Godet preoccupata.

"Sì certo, altrimenti questo dono per te si trasformerebbe in supplizio per lui" concluse Jolanda.

Godet trascorse i primi tre giorni tenendo in braccio la gattina e cercando di trovare un nome adeguato alle sue caratteristiche.

Macchia? Troppo scontato.

Bianchina? Insulso.

Azzurra? Per via del colore degli occhi... banale.

Pensò allora di assegnarle il nome di una delle cose che le erano più care: STOFFA.

"Mamma, mammaaa! La gattina si chiama Stoffa!!!" gridò con tutto il fiato dalla sua cameretta.

"Oh-oooh!" fece Jolanda con un suono lungo e a metà

tra il serio e l'ironico, accorrendo dalla cucina dove stava preparando il pranzo. "Molto carino e originale. Posso sapere come mai hai scelto questo nome?" chiese a Godet.

Si guardarono e scoppiarono in una risata fracassosa. Godet era riuscita a trovare un nome che la tenesse sempre in contatto con la sua insostituibile nonna e questo era sufficiente per mantenere vivo l'entusiasmo dell'inaspettato dono a quattro zampe.

Quando venni a sapere che prima di me c'era già stato qualcun altro, e per giunta una gatta, mi sentii vagamente strana ma non capivo perché.

Il nome Stoffa rappresentava ciò che Godet, in quegli anni, amava di più perché era qualcosa che la legava alla sua amatissima nonna Ari.

Ricordo di aver sentito dire che la nonna avesse un negozio in cui vendeva le stoffe e dove Godet trascorreva molto tempo, divertendosi tra gli scaffali e assorbendo come una spugna gli insegnamenti di quella splendida signora. Quello fu per Godet un periodo davvero bello e lo divenne ancora di più quando le regalarono Stoffa. In casa c'è una sua foto, è un po' vecchia, ma si vede chiaramente che aveva gli occhi azzurri.

Godet promise a se stessa che dopo Stoffa non ci sarebbe stato nessun altro gatto nella sua vita.

La morte di Stoffa fu davvero dolorosa, erano state assieme per ben quattordici anni.

La portò con sé anche quando si trasferì in un'altra città per studiare presso l'Accademia delle Belle Arti.

Morì così come era arrivata, in modo del tutto inaspettato.

Stoffa aveva imparato a dipingere, posava la zampa dentro una vaschetta piena di colore a tempera e poi si divertiva a lasciare dei segni sui fogli che Godet aveva strategicamente sistemato nella sua stanza. Pare che i dipinti di Stoffa siano ancora gelosamente conservati da qualche parte.

Comunque il fatto più triste fu che Godet la trovò accoccolata attorno ai tubetti di colore che spesso dimenticava sparsi sul suo tavolo da lavoro e così, pensando che fosse addormentata, non volle disturbarla. Quando, dopo qualche ora, le preparò la cena e Stoffa non accorse come di abitudine, capì che qualcosa di profondamente amaro era accaduto. Nei giorni seguenti, in preda allo sconforto, promise che mai più avrebbe avuto un gatto.

Invece, Signore e Signori, eccomi qui! Io sono un regalo di Sándor, così Godet si vide in trappola, non poteva di certo rifiutare un dono dal suo grande amore.

Vengo da una famiglia di altri tre gatti, due maschi e una femmina. I nostri padroni di casa non potevano tenerci tutti, così fummo pian piano dati in adozione e con loro rimase solo nostra mamma. Io fui l'ultima a lasciare quella casa perché mi ero buscata un bel raffreddore. Il veterinario disse che è un fatto normale, dovuto all'età, da piccoli siamo più vulnerabili e bla-bla... "Le dia una compressa di Mucogattìl e tre gocce di Viastarnutì" concluse. Ogni sera ero quindi sottoposta al supplizio di ingurgitare quell'accidenti di medicine amare! Ma ne era valsa la pena.

In realtà il mio raffreddore è stato il frutto di un comportamento che oggi posso definire scellerato. Era tarda sera, all'imbrunire per essere precisi, il cielo era pieno di strane forme bianco-azzurro-rosa che poi seppi si chiamano nuvole. Queste nuvole si trasformavano lentamente e di continuo quando, quasi all'improvviso, ne arrivò una enorme tutta scura, color antracite, che non avevo mai visto.

Mi girai a guardare la mia mamma e notai che si stava

pulendo le orecchie. Pare che questo gesto sia automatico in alcuni gatti prima dell'arrivo di un temporale. Mi allontanai un poco dalla mamma e dai miei fratelli, corsi verso il giardino e rimasi vicino alla piccola fontana spenta che stava nei pressi di due belle panchine in pietra. Iniziò a piovere, anche se per me quello era un fenomeno del tutto sconosciuto fino a quel momento, tanto che non sapevo neppure si chiamasse pioggia.

Cominciai a sentire dei freschi plin-plin sulla schiena e osservai che l'acqua del cielo aveva un curiosissimo effetto sull'acqua della terra, quella contenuta nella vasca della fontana. Oltre al rumore veramente originale che da quasi sordo si trasformava in sonoro e brillante, accumulandosi come uno stormo e a tratti disperdendosi come le ultime luci di un fuoco d'artificio, ecco, oltre a ciò, trovai inizialmente inspiegabili le increspature tutte perfettamente rotonde nella pozza d'acqua della fontana.

Non ero ancora riuscita a ricollegare il fatto che quella perturbazione della sua quiete fosse dovuta all'acqua che veniva dall'alto. Iniziai a comprendere tale legame quando le gocce di pioggia ebbero bagnato anche tutta me stessa e notai che il mio delicato pelo biondo-rossiccio era completamente zuppo. Com'era strano che due stati così lontani, l'acqua in quiete nella fontana e quella in movimento del cielo, potessero influenzarsi in maniera così evidente!

Era come se che il cielo avesse la meglio sulla terra e rimandasse indietro, trasformata un poco, l'acqua che stava quaggiù: era una specie di ciclo, dall'alto in basso e dal basso in alto.

Non sapevo assolutamente come ciò fosse possibile, dove potesse essere contenuta l'acqua del cielo, forse nelle nuvole? E come mai, allora, non avevano la forma della fontana che c'era in giardino?

Questi e mille altri quesiti si affollavano nella mia mente quando, nel frattempo, si era fatto buio. Avevo intanto trovato rifugio sotto una delle panchine di pietra nei pressi della fontana. Mamma e i miei fratelli erano stati messi al riparo dai nostri padroni i quali, non riuscendo a trovarmi in nessun posto, rinunciarono a continuare a cercarmi.

Mio padre, un enorme gatto rosso, mi trovò ancora sotto la panchina la mattina dopo.

Si chiamava Paride e fu l'unica volta che lo vidi. Lui viveva senza famiglia, vagando da una casa all'altra. Furono i nostri padroni a scegliere quel nome, dato che da qualche tempo gironzolando attorno a casa era divenuto familiare. Papà aveva notato la mamma e voleva... beh, io ed i miei fratelli siamo il risultato.

Appena fu vicino mi disse: "Ciao, sono tuo padre e ti aiuterò a tornare a casa. Vedo che tremi, si chiama freddo e ciò che probabilmente ne conseguirà si chiama raffreddore. Fidati di me, farò una cosa che la mamma fa spesso con te" e così mi afferrò per la collottola e veloce mi portò sotto il portico di casa.

"Ciao" disse in maniera fugace e fece per andar via ma io lo fermai. "Aspetta! Ti rivedrò di nuovo?" chiesi in tono preoccupato.

"No, non credo. Ieri i tuoi padroni ti hanno cercato, ma non avendoti ancora dato un nome tu non potevi rispondere ad alcun richiamo, neppure a quei ridicoli pss-pss che, per altro, erano mascherati dal suono forte della pioggia. Spera che presto ti regalino a qualcuno e spera che questo qualcuno riesca a scegliere un nome adeguato a ciò che sei. Ti saluto!" e se ne andò, si girò e corse via senza voltarsi.

Mi sentii strana nello stesso attimo in cui mio padre si

allontanò. Mi chiesi in seguito se quella sensazione di stranezza fosse quella cosa che si chiama tristezza, la stessa che colpì Godet quando Stoffa all'improvviso non ci fu più. Io vidi mio padre per pochi minuti, Godet visse con Stoffa per tanti anni. Il grado di tristezza dopo una separazione è rapportabile al tempo trascorso assieme? Non so dare una risposta ma so per certo che un'assenza così importante dura per tutta la vita.

# LA VITA È UN VIDEOGAME

"La vita è un videogame"... ma cosa vuol dire? L'ho sentito qualche giorno fa e da allora non ho smesso di cercare di capirne il significato. Ho sezionato la frase in più parti e mi sono ritrovata con: La vita, primo segmento. È, secondo segmento. Un videogame, terzo segmento.

Cos'è la vita?

Avevo ascoltato molte spiegazioni, perché in tanti se lo chiedono e ci fanno dei discorsi lunghissimi attorno. Gli amici di Godet e Sándor a volte hanno passato degli interi dopocena a cercare di venirne a capo ed io alla fine sono riuscita a fare una sintesi delle cose che ho udito e che mi hanno maggiormente convinto.

La vita, primo segmento, è qualcosa di impalpabile che sta dentro le cose, le persone, gli animali, le piante, il regno minerale e vi sta in maniera indistinta. È lo spirito che è contenuto nelle cose e che allo stesso tempo le contiene e a noi non rimane che la possibilità di fare l'esperienza della vita attraverso il vivere.

Secondo segmento: È, voce del verbo essere. Se il verbo ci dice che dobbiamo essere, quella E con l'accento sopra mi sembra sia un elemento molto importante, perché rappresenta l'atto della vita, il vivere.

Come la vita si manifesti attraverso il vivere, resta un fatto legato alla cosa più cara a Wiko, la coscienza.

Mi rimaneva il terzo segmento della frase: un videogame. Qui mi sono fermata perché non avevo la benché minima idea di che cosa si trattasse.

Chiesi a Pixel, un gatto felice e sereno che vive nella casa accanto alla nostra. Ci incontriamo spesso in giardino, nei pomeriggi soleggiati e chiacchierando tra un sonnellino e l'altro in genere mi racconta ciò che il suo padrone di casa fa nella vita. Si chiama Peter ed è un informatico, lui costruisce videogiochi.

"Videogiochi? È la stessa parola di videogame?"

"Sì Birrosa Parsley! Stesso significato" rispose Pixel in tono da simpatico saputello.

"Bene, allora magari potresti spiegarmi di che cosa si

tratta?!” sapendo che gli facevo una grande cortesia dato che Pixel è uno dei miei amici più chiacchieroni.

“Ben volentieri! Il videogame è un gioco che si fa usando il computer, in genere. Ci sono dei personaggi che devono fare delle cose e superare delle prove che possono essere le più varie, come ad esempio mangiare dei piccoli mostri, oppure costruire dei muretti. Ci sono anche i giochi violenti, ma Peter ha promesso che non ne avrebbe mai creato uno, anche se sono i più redditizi”.

“Redditizi? Cosa vuol dire?” domandai con curiosità.

“Significa che fanno guadagnare molti soldi” rispose semplicemente Pixel.

“Aaah bene, è un termine nuovo, lo devo ricordare e segnare nel taccuino. E poi? Che altro c’è da sapere sui videogame?”

“Un elemento importante è il livello. Ogni gioco è strutturato in modo che ci siano dei livelli di difficoltà sempre maggiori. Per passare a quello successivo devi completare il precedente”.

“E chi è che desidera complicarsi le cose?” domandai stupita.

“Devi pensare che il gioco rappresenta una sfida, tutto il

gioco, non solo il singolo livello. Chi gioca ha l'obiettivo di completare tutti i livelli e quindi vincere il gioco. E poi, la sfida dà spesso grandi emozioni".

"Sì, ma non capisco perché andando avanti nel gioco tutto diventi più faticoso. Non dovrebbe invece essere più facile? Del resto sarebbe più che meritato, no?"

"La tua logica è corretta ma incompleta" ribatté Pixel ed io mi sforzai di non offendermi a morte. Poi Pixel proseguì: "Ogni livello presenta delle difficoltà ma anche delle ricompense".

"Cioè?" dissi, pensando che con la ricompensa il gioco si faceva davvero interessante.

"Oltre alle prove da superare, sono forniti anche i mezzi per superarle e dei premi, se le superi. Non sei mai lasciato senza gli strumenti adatti e senza ciò che ti spetta".

"E dove si trovano questi strumenti? Come si fa a sapere in che modo usarli?"

"Alcuni sono all'interno del giocatore, altri all'esterno".

"All'interno del giocatore? E chi ce li ha messi? Santo Cielo!" immaginando che qualcuno in qualche modo potesse infilare pulsanti e levette dentro le persone.

"Non ti allarmare! Avere degli strumenti al proprio

interno, cioè dentro di sé, vuol dire possedere delle capacità personali che spesso il giocatore ha dalla nascita e che possono essere più o meno sviluppate" mi rassicurò.

"E come si fa a sapere quali sono queste capacità?"

"Beh, lo scopri giocando. Se non giochi come fai a sapere di che cosa sei capace?"

"Già, è vero! E se non hai le capacità? Come fai?" chiesi dubbiosa.

"Tutti hanno le capacità secondo me, ma la prima cosa da capire è se ti interessa quel gioco" proseguì Pixel.

"Perché? Non sono tutti belli?" obiettai.

"Sì, ma se ti ritrovassi a giocare a un gioco che non ti appassiona, pur essendo bello, non saresti motivato a impegnarti. È così che iniziano le frustrazioni. Se ci pensi un attimo, credi che valga la pena di sentirsi così per qualcosa che non è importante per se stessi, che non hai scelto?

"Mmmh... " non riuscivo proprio a capire questo punto.

"Birrosa, devi sapere che ci sono delle persone che si impegnano in un certo gioco perché vedono che altri lo stanno facendo. Agiscono per imitazione. È probabile che quelli che lo fanno lo abbiano scelto e ne siano felici, forse per questo riescono a superare con maggiore facilità e anche con serenità le varie prove. Vedendo questa felicità e serenità, in molti iniziano a pensare che anche per loro potrà essere così e non mollano neppure quando diventano dei collezionisti di fallimenti".

"Sì ma, Pixel, lo hai detto tu che il gioco è una sfida, forse loro sono animati dal desiderio di farcela prima o poi".

"Questo è corretto, ma la sfida è da intendersi con se stessi, non contro se stessi".

"Accidenti! È vero, sarà sottile ma c'è una bella differenza. Quindi, come si fa?" a questo punto cominciavo a capire e la curiosità cresceva sempre più.

"Io credo che ognuno debba scegliere il gioco che lo attrae e lo appassiona di più. Non mancheranno le difficoltà ed anche in questo caso molti rimarranno fermi allo stesso livello per diverso tempo, alcuni per sempre, altri molleranno e smetteranno di giocare perfino".

"Ma è tremendo! Non riesco a immaginare una noia più mortale!" replicai esterrefatta.

"Già, ma a volte succede, e molto più spesso di quanto si immagini" fece Pixel in tono vagamente sconsolato.

"Tu conosci un modo per modificare una tale situazione?"

Pixel rimase a pensare per qualche attimo poi: "Io posso dirti cosa porta a una tale situazione, perché è quanto ho osservato quando certi amici di Peter vengono a casa per chiedergli spiegazioni su come passare al livello successivo di un gioco che ha creato".

"E cosa succede? Cioè, Peter che fa?"

"Per prima cosa ride sotto i baffi..."

"Ma Peter non ha i baffi!" lo interruppi meravigliata.

"È un modo di dire, Birrosa!"

"Aah, lo segno nel taccuino allora. E dopo che ha riso al di sotto dei baffi finti, che fa?"

"In genere chiede agli amici che azioni hanno fatto, che strumenti hanno scelto e da lì capisce dov'è l'intoppo".

"Quindi?"

"Una volta ho sentito che diceva: È inutile che cerchi di mangiare anche quel mostrino, non vedi che l'indicatore segna che hai già la pancia piena?"

"E l'amico cosa ha risposto?"

"Ha detto: Sì vedo, ma quello stramaledetto mostrino non mi permette di chiudere questo livello e di passare al prossimo. Allora Peter ha detto: ok, come puoi notare, rimani fermo nello stesso livello anche se tenti di mangiarlo, per cui non credi forse che la tua azione debba essere un'altra? Quindi l'amico ha chiesto cosa avrebbe dovuto fare. Peter gli ha dato due alternative: 1. Puoi stare fermo, il mostrino vedendo che sei sazio non ha più paura, attraversa lo schermo ed esce dal gioco. 2. Vedi questo simbolo bianco in basso a destra? Puoi prenderlo e si trasforma in una rete con la quale puoi catturare il mostrino. La prima possibilità, che ho chiamato Fede, ti porta a un certo livello successivo, la seconda, che ho chiamato Paura, ti porta a un livello parallelo".

"E che faccia aveva l'amico di Peter a questo punto?"

"Bella domanda! In effetti era un po' inebetito, però è andato via contento, se non altro poteva proseguire il gioco. Io penso che se non avesse chiesto aiuto a Peter, sarebbe ancora lì a cercare di ingurgitare quel mostrino".

"Beh, che c'è di male nel chiedere aiuto?"

"Nulla, anzi! È stato intelligente perché ha chiesto alla persona giusta e questo è uno dei mezzi e degli strumenti esterni, anche se tutto parte da te, cioè decidi sempre tu se usarli o meno. Ma dimmi un po' Birrosa, come mai sei così interessata ai videogame?"

"Sai, l'altra sera è venuta a casa Maria, la sorella di

Sándor, e a un certo punto ha detto che la vita è come un videogame. Ho sentito dire un sacco di cose sulla vita e sulla voce del verbo essere, ma mi mancavano delle nozioni sull'ultima parte di quella frase che, fino a poco fa, non riuscivo a capire".

"E ora ti è tutto chiaro?"

"Credo di sì, grazie Pixel!" e corsi via verso casa. Mi resi conto che forse ora sarebbe stato Pixel ad avere un punto interrogativo sulla frase di Maria, però avevo appena sentito l'inconfondibile suono delle crocchette quando cadono dentro la ciotola e non avevo nessuna intenzione di mancare alla degustazione.

# GATTI DI QUARTIERE

Il quartiere nel quale vivo sembra molto carino, anche se non ho tanti termini di paragone perché non mi sono ancora spinta oltre la collinetta che lo domina e allo stesso tempo gli conferisce l'atmosfera di tranquillo villaggio. Ci sono per lo più case indipendenti, ognuna con il giardino e i muri che le separano le une dalle altre. Poi ci sono i cancelli che permettono alle persone di entrare o stare fuori.

Certo, per noi gatti tutte queste cose hanno funzioni completamente diverse. I muri, ad esempio, quelli noi li usiamo per incontrarci la sera al calar del sole. Ce ne stiamo là sopra a parlare, raccontiamo le nostre ultime scoperte, cosa abbiamo udito e visto che valga la pena di essere reso noto. Capita che arriviamo a essere anche in dodici sopra il muretto, come quella volta che un ragazzo, passando di lì, ci ha fatto una foto commentandola subito con la frase: "Ah!

L'ultima cena!"

Non capii assolutamente come fosse possibile ricollegare dodici gatti accovacciati sul muro con una cena che per giunta era l'ultima. Pensai che per fortuna in questo paese i gatti non sono considerati come cibo, per cui ero più che sicura che la parola cena non avesse alcun legame con nessuno di noi. Rimaneva però quest'altra parola: ultima. Forse quel ragazzo non aveva soldi a sufficienza per comprare qualcosa da mangiare e questo lo faceva sentire sconsolato, ma comunque questa ipotesi non mi sembrava un granché.

Quella sera sul muro c'eravamo io, cioè Birrosa Parsley, e poi Wiko, Theo, Mac, Frusta, Semolino, Tigna, Malocchio, Capitan Harlock, Pixel, Rosabianca e Regina.

Ci riuniamo di quando in quando senza dover percorrere neppure tanta strada dato che le nostre case sono tutte molto vicine. Il muretto da noi preferito è quello della casa di Theo la quale si trova accanto ad un canale navigabile da piccole imbarcazioni che ci piace molto osservare chiedendoci dove mai siano dirette. Non so perché, ma tra noi quello che dà le risposte inventate più fantasiose è Capitan Harlock.

Cap H, come a volte lo chiamiamo per abbreviare quel suo nome così roboante, che al solo pronunciarlo produce una miriade di echi nelle nostre orecchie-antenne, è stato salvato per miracolo da Soran e Ai, una coppia di artisti giapponesi molto appassionati di manga, che ho poi saputo essere un particolare genere di fumetto della terra del sol levante.

Lo trovarono accucciato su un giaciglio di stracci nei pressi di un charity shop, le zampe a coprirsi il viso come se lo avesse voluto proteggere. Lo presero con quella delicatezza e garbo che li distingue e sentirono che tremava tantissimo, aveva la faccia ricoperta di ferite e l'occhio sinistro completamente chiuso e tumefatto tutto intorno. Lo trasportarono di corsa, mal ridotto com'era, da un veterinario che provvide a medicarlo e ricucirlo, tentando anche di salvargli l'occhio, ma per questo non ci fu nulla da fare, perché l'occhio non c'era più.

Decisero di adottarlo e ospitarlo nella loro casa e poiché Cap H rispondeva bene ai loro insegnamenti, pensarono di abituarlo a portare una benda nera su quell'occhio che ormai non esisteva più. Questo vezzo gli aveva conferito un'aria misteriosa e un po' tetra anche se in realtà è semplicemente un bamboccione.

Molti gatti nel vedere la benda gli mostrano un rispetto quasi timoroso e questo grazie al falso mito diffuso nel quartiere secondo il quale perse l'occhio in uno scontro con una gang di gatti feroci i quali, per contro, persero tutti la vita. In realtà Cap H, ancora cucciolo, ebbe un incontro ravvicinato con un enorme ratto delle fogne che forse sta ancora gustando il sapore del suo occhio, ma questo non lo sa nessuno, tranne me e... ooops, voi!

Insomma, quella sera eravamo lì sul muretto in dodici e nessuno riusciva a capire cosa significasse quella piccola frase detta dal ragazzo che ci immortalò con la sua macchinetta fotografica digitale.

Tanto per iniziare, alla parola cena, Mac si tirò su e cominciò a guardarsi intorno, allora Regina gli disse: "Accidenti pallone che non sei altro! È solo una parola, nessuno qui sta servendo da mangiare. Sei assurdo e anche un po' patetico!"

Regina è il contrario di quanto il suo nome possa lasciare a intendere. È sgarbata, brusca, zampesca e talvolta scurrile e non ama tenere in ordine il suo pelo che è perennemente arruffato e appicciaticcio. Mac, d'altro canto, è un vero ciccio-bomba, poco incline al ragionamento e sempre attento a ogni possibilità di mangiare. Assieme sono davvero imperdibili.

Naturalmente, sentendo le parole di Regina, Rosabianca intervenne ancor prima che Mac avesse avuto modo di replicare con il suo solito monocorde UH! cosa che avrebbe fatto infuriare Regina ancora di più.

"Su, su! Questo è il muro della concordia, pertanto direi che non è proprio il caso di proseguire, grazie!" e quando Rosabianca terminava con un grazie, nessuno aveva il coraggio di contraddirla.

I nostri ragionamenti attorno alla frase dell'ultima cena andarono avanti per un po', anche se spesso interrotti da ricordi, scontri, riappacificazioni e varie amenità.

Semolino, un gatto minuto e color crema, intervenne dicendo che una volta aveva sentito il suo padrone, Jamie, che di professione fa lo chef, urlare per telefono: "Questa è l'ultima cena che preparerò per degli ingrati come voi!" per poi riattaccare la cornetta e andare a firmare la sua lettera di dimissioni. Semolino ricordava bene che dopo quell'evento passarono un periodo di magra e ne dedusse che forse queste ultime cene non erano proprio di buon auspicio.

Malocchio, dal canto suo, ammise che lui di queste cose non ne aveva mai sentito parlare e che però quel giovane che ci aveva fotografato non si sarebbe dovuto permettere di farlo senza averci prima chiesto il consenso, infatti, se così fosse stato, avremmo potuto contrattare e trarre anche noi la nostra parte di profitto. In una certa misura Malocchio pensava che avremmo potuto sfruttare la nostra immagine in maniera proficua.

Io dissi a me stessa che già quel povero ragazzo non era in grado di procacciarsi la cena, o almeno me ne ero convinta, figuriamoci che potere contrattuale avrebbe mai potuto avere! Ma forse per Malocchio, cresciuto in una casa di persone che qualcuno definirebbe di capitalisti profittatori, questi miei ragionamenti non li avrebbe mai presi in considerazione.

Pixel, invece, fu interessato solo al modello di macchina fotografica usata dal ragazzo per documentare noi dodici gatti sul muretto.

Wiko, come sempre, se ne stava in disparte, defilato. Sono sicura che un'idea l'aveva ma me l'avrebbe comunicata in seguito a casa, se io gliela avessi chiesta.

A un tratto Theo prese la parola, probabilmente si era

seccato di ascoltare tutte quelle stupidaggini buttate qua e là alla rinfusa, o forse in fondo, essendo il padrone di casa, sentì il bisogno di risolvere la questione dell'ultima cena.

Theo è un gatto maestoso, tutto nero, con un'unica macchia quadrata e bianca appena sotto il mento e con dei piccoli ma penetranti occhi gialli. La prima volta che lo incontrai rimasi quasi paralizzata ma lui mi disse: "Ciao, come stai?" una frase così semplice e detta in un tono talmente amorevole che sentii da subito che avrei potuto fidarmi. In seguito divenimmo molto amici, lui per me è fondamentale perché mi aiuta spesso a risolvere dei dubbi ENORMI.

È cresciuto nella casa del prete del quartiere che quando fu trasferito in un'altra città non poté portare Theo con sé, così lo consegnò alla cure della Signora Rosen, una donna molto fedele e praticante.

"L'ultima cena è un fatto narrato nella Bibbia" disse.

"Cosa è la Bibbia?" chiesi.

"La Bibbia è un insieme di libri riuniti in un unico volume e nei quali è contenuta la parola di Dio" iniziò a spiegare Theo.

"E chi sarebbe questo Dio?" chiesi ancora, incuriosita.

"Dio è il creatore di tutte le cose che vedi".

"Anche della guerra?"

"Oh noo! Quella è opera dell'uomo al quale Dio, quando l'ha creato, ha dato un certo potere su quanto è a disposizione sulla terra, raccomandandogli di farne buon uso, ma questo non sempre accade".

"Quindi Dio avrebbe scritto di suo pugno tutti questi libri che sono nella Bibbia?" continuai a domandare.

"Non proprio. Quello che sappiamo è che degli uomini puri e buoni hanno ricevuto l'ispirazione divina e hanno così potuto riportare la Sua parola in modo che il genere umano avesse le indicazioni su come comportarsi e migliorare".

"E perché Dio non ha creato l'uomo già migliore?" domandai perplessa.

"Ci sono molte ipotesi. Qualcuno sostiene che l'uomo volesse distaccarsi da Dio e andare da solo alla ricerca della conoscenza di tutte le cose. Dio non fece neppure in tempo a rammentargli che aveva posto tutta la conoscenza all'interno di ogni essere umano, il quale avrebbe solo dovuto stare unito a Lui e così avrebbe conosciuto ogni cosa, che l'uomo aveva già preparato i suoi bagagli in un fagotto che comprendeva, tra le varie provviste per il viaggio, anche un frutto proibito, quello della conoscenza del bene e del male”.

“Poi cosa è successo?” mentre sentivo che questo racconto aveva un nonsoché di grave.

“Avendo preso quel frutto, l’uomo sprofondò nelle tenebre, cioè dovette imparare cos’è il bene attraverso il male e tutto questo perché si era allontanato troppo dal suo creatore che è, invece, l’essenza del bene”.

“Accidenti, sembra proprio una faccenda molto seria. E noi conosciamo questi fatti dalla Bibbia?” aggiunsi.

“Sì, esatto Birrosa, e pensa che alcuni libri sono stati scritti quasi duemila anni fa ed altri anche prima”.

“Quando è iniziato il mondo?”

“Oh, non esattamente. Il mondo è iniziato milioni di anni fa, ma duemila anni or sono nacque un uomo molto importante” proseguì Theo.

“E chi era costui?” chiese Rosabianca.

“Si chiamava Gesù il Cristo ma è noto anche come il Figlio di Dio”.

“Sarà stato di certo un personaggio famoso e fortunato, vero?” aggiunsi.

"Era assai noto ai suoi tempi ma, da un certo punto di vista, non fu molto fortunato" rispose Theo in un tono sommesso.

"E perché? Non riesco a immaginare come sia possibile che uno dai natali così privilegiati possa poi vivere una vita sfortunata" aggiunse Tigna, il quale deve il suo nome a quella malattia che lo colpì da cucciolo e che lo rese in seguito timoroso anche di un semplice raffreddore.

"Caro Tigna, devi considerare che i privilegi costituiscono anche un peso, e Gesù questo fardello lo portò umilmente fino alla fine, passando anche per quel tristissimo momento che si chiama l'ultima cena" ribatté Theo.

"Finalmente inizio a capire dove sta andando a parare questo discorso. Possibile che dovessi partire da così lontano?" chiese Frusta, il gatto più impaziente che conosca. Maggiore è il suo livello di impazienza, più frequenti sono le sue sferzate di coda nell'aria.

Theo riprese in maniera affabile: "La storia è lunga e complessa, a tratti incomprensibile. Ti assicuro, caro Frusta, che sto facendo del mio meglio per semplificare il racconto senza tralasciare i fatti importanti! Tra le varie sofferenze che Gesù dovette sopportare, vi fu anche il saluto ai suoi più fedeli seguaci, i cosiddetti dodici apostoli. Ci fu una cena molto semplice che precedette la morte di Gesù, ecco perché è chiamata l'ultima cena. Attorno alla tavola imbandita di solo pane e vino, erano riuniti questi dodici discepoli ai quali Gesù stava impartendo gli ultimi insegnamenti, raccomandandogli di diffonderli il più possibile perché l'umanità ne aveva davvero bisogno".

"E poi Gesù morì?" chiesi con un groppo in gola.

"Sì, di lì a poco una serie di eventi lo condussero ad una fine tremendamente dolorosa" rispose Theo in tono ancora più sommesso.

"Ma se era davvero Figlio di Dio, perché non si è salvato? Vuol dire che non aveva nessun potere ed è semplicemente assurdo!" esclamò Regina in quel suo modo privo di tatto.

"Solo tu potevi fare un'osservazione tanto sprezzante quanto irrispettosa, tuttavia ti rispondo dicendo che Gesù era nato su questa terra per portare il messaggio d'amore che Dio gli aveva affidato e non per cercare di salvarsi la pelle. Con la sua morte gli uomini hanno iniziato a capire cosa sono l'odio e la paura e a quali conseguenze possono portare. Ancora una volta il bene si è fatto strada attraverso la comprensione di cosa sia il male" terminò Theo.

"Che storia triste! Ma è possibile che un giorno l'uomo ritrovi il bene attraverso il bene?" chiesi io esterrefatta.

A quel punto intervenne Wiko che, con una semplice frase, pose fine a questo racconto.

"Certo, un modo c'è ma ha a che fare con la coscienza, per cui la strada da percorrere è ancora lunga".

Rimanemmo sul muro di casa di Theo ancora un poco, poi iniziammo a sentire i nostri nomi, qualcuno in lontananza ci chiamava per far rientro a casa. Nel breve tragitto di ritorno assieme a Wiko stetti in silenzio ripensando all'ultima cena e, un po' triste un po' sognante, mi venne in mente quel ragazzo che ci aveva paragonato ai dodici apostoli, anche se il paragone era solo numerico dato che nessuno di noi stava dando l'addio a Gesù.

Infine, giunti al cancello del giardino di casa, mi sentii molto fortunata perché per me i muri e le inferriate non rappresentano un limite bensì un punto di incontro con i miei amici, con loro imparo sempre cose nuove, come questa faccenda del messaggio d'amore all'umanità. Chissà se è stato capito?

E con questo interrogativo andai ad acciambellarmi sul pouf in salotto e felice mi addormentai pensando: gatti di quartiere, che ricchezza!!!

# PICCOLE VERITÀ DA SCOPRIRE

Avevo poco meno di tre mesi, forse poco più di due e mezzo, quando Serena mi prese delicatamente dal cesto nel quale mi piaceva dormire e, stringendomi a lei, mi portò nell'ingresso di casa dove era stato messo un trasportino per gatti. Lo avevo visto anche altre volte ma a quel tempo non avevo la benché minima idea di cosa fosse, a cosa servisse e come si chiamasse e ne ero piuttosto incuriosita.

Era una tiepida giornata di fine giugno ed era anche una giornata che stava per finire, ma fu un finale completamente diverso da quelli cui mi ero abituata fino a quel momento. Sentivo che Serena diceva in tono laconico: "Scusa piccoletta ma proprio non possiamo tenerti, mi dispiace tanto ma qui c'è già Latte e non abbiamo tanto tempo per prenderci cura anche di te".

Latte è il nome di mia mamma, una gatta color biancopanna con gli occhi scuri-scuri. Mamma era molto buona e paziente, soprattutto con i miei fratelli che stavano a litigare tutto il giorno per ogni piccola cosa ed erano semplicemente estenuanti, oltre che terribilmente chiassosi.

Li vidi andar via tutti e tre, per prima mia sorella, poi uno dei miei fratelli e ancora l'altro. Ero rimasta solo io e anche se loro un po' mi mancavano, ero allo stesso tempo felice di avere mamma tutta per me. Passavo le giornate vicino a lei, imparando tutto quello che mi era possibile. Mi piaceva un sacco dormire vicino alla sua pancia, sempre tiepida, morbida e bianca come un lenzuolo appena lavato.

Quel giorno capii a cosa serviva il trasportino: a farmi stare lontano da mamma. Sapendo cosa stava succedendo, lei si avvicinò e in maniera piuttosto sintetica e sbrigativa mi disse: "È una legge di Natura, devi andare per la tua strada" poi sgattaiolò verso la sua ciotola stracolma di cibo. Mamma non si era mai rivolta a me in quel modo, in genere era affabile e il suo tono dolce e tranquillo, ma pensai che avesse semplicemente fretta.

A quel tempo non avevo nessuna esperienza della vita, per cui il trasportino con la porticina aperta e la ciotola di mamma piena di cibo oltre il normale, non erano in nessun modo ricollegabili a quanto stava per accadere. Forse Serena e Gerald, suo marito, pensavano che aumentando la razione giornaliera di cibo, mamma si sarebbe sentita più tranquilla, meno vuota.

Furono le parole vellutate di Serena e quelle fugaci di mamma che mi diedero ancora una volta quella strana sensazione che provai quando, nel breve periodo di pochi minuti, conobbi mio padre e lo dovetti subito salutare per sempre. La strana sensazione che ancora oggi si affaccia ogni volta che i protagonisti sono gli addii. Cominciai dunque a considerare il fatto che a volte dietro alle parole gentili si nascondono delle scomode realtà.

Avevo capito, ma forse è meglio dire che iniziavo a capire, che avrei avuto bisogno di conoscere la vita, non solo quella degli animali, ma anche quella degli uomini cui siamo inesorabilmente legati.

Da quel momento la mia curiosità ha subito una brusca impennata. Sentivo il bisogno di vedere, ascoltare, toccare, odorare e gustare ogni evento si sottoponesse alla mia attenzione, non so, forse per una forma di controllo su quello che mi girava intorno, sebbene compresi presto che i miei sforzi non mi lasciavano che poche alternative.

Oggi, infatti, ricordando il mio addio a mamma e alla casa natia, mi rendo conto che l'unica alternativa a mia disposizione era la fuga. Già, ma per andare dove?

Non so se avrei voluto vivere vagabonda come Paride, mio papà, per cui quel mio stato di pressoché totale ignoranza su quanto stava accadendo in fondo mi agevolò.

Ebbi fortuna perché passai da una casa i cui padroni erano eternamente assenti in quanto assorbiti dal lavoro, ad una nuova in cui non solo c'era già un gatto, ma si poteva per giunta godere della compagnia dei padroni, Sándor e Godet, i quali avevano avuto il cuore ed il cervello di crearsi una professione che amavano e che potevano svolgere prevalentemente da casa.

I vecchi padroni si lamentavano di continuo del loro lavoro dicendo che oltre ad essere logorante per il fatto di dover coprire lunghe distanze in macchina o con i mezzi pubblici, non era granché neppure dal punto di vista dell'ambiente perché tra colleghi c'era sempre molta tensione ed un generale serpeggiare.

L'unico vantaggio era una buona retribuzione che gli permetteva di pagare il mutuo della casa e fare un viaggio lungo e bello nelle ferie estive. Certo, di avere figli non se ne parlava, era già troppo accudire una gatta, talmente tanto che ormai rappresentavo un incomodo da sistemare il prima possibile.

Serena incontrò Sándor in un parco della città, lui aveva trovato un annuncio in cui oltre alla mia foto c'era il numero di telefono da contattare per chi fosse interessato ad adottarmi. Sándor si fidava del contatto perché lo aveva trovato esposto nella bacheca dei trovatelli del negozio di articoli per animali in cui andava a rifornirsi di crocchette e tutto il necessario per il suo gatto.

Si strinsero la mano, chiacchierarono per un po', giusto per alleviare gli imbarazzi, dissero che i gatti sono animali bellissimi e bla-bla… In effetti Sándor, essendo un tipo di poche parole, per lo più stava ad ascoltare Serena. Dopo alcuni minuti mi ritrovai libera dal trasportino. Sándor mi mise nel cesto che stava attaccato al manubrio della bici di Godet e pedalando con tranquillità, un occhio alla strada e un occhio a me, mi portò nella nuova casa.

Entrammo, attraverso un cancello sormontato da un arco verde fiorito di rose bianche, in un bel giardino con un grande prato solcato da tre sentieri, uno conduce al garage, uno all'ingresso principale e un altro ad una casetta.

L'ingresso in casa fu molto bello, stavo stretta tra le braccia di Sándor e da lì venni proiettata in quelle di Godet, il che modificò notevolmente la mia visuale e non perché lei sia di bassa statura, bensì in quanto lui è davvero alto-alto.

Godet mi prese con tanta delicatezza accarezzandomi la sommità del capo, diceva che proprio non se l'aspettava, era una vera sorpresa. Poi mi portò nella lettiera dicendo che dovevo subito imparare dove fare i miei bisogni. Mentre zampettavo nella cassetta piena di sabbietta speciale, vidi che Godet stava abbracciando forte Sándor dicendogli che ero bellissima e tenerissima, però temeva di soffrire come era già successo in passato. Sándor le rispose nel suo solito stile semplice e affabile dicendo: "Lascia che la vita ti sorprenda anche in maniera positiva".

Godet annuì, poi mi rivolse il suo sguardo inumidito e mi sorrise.

Il resto della serata passò con i loro occhi puntati su di me, ai quali se ne aggiunsero presto un altro paio, quelli di Wiko.

Mi seguiva dappertutto stando a una specie di distanza di sicurezza. Sembrava intimorito, anche se al tempo non sapevo cosa volesse dire ma lo sentivo dai commenti di

Godet e Sándor.

Non fu facile fare amicizia con Wiko perché inizialmente era semplicemente inavvicinabile, ma qualche giorno dopo, all'improvviso, riuscii a dargli una zampata sulla coda e questo ci portò a un'azzuffata con i fiocchi. Era un buon inizio. Lui, un gatto grande, almeno il quadruplo di me quando arrivai nella nuova casa, era sempre molto cauto nelle lotte e non mi fece mai neppure un graffio.

Gli chiesi cosa fosse successo in lui da fargli venire voglia di prendermi in considerazione e rispose che, anche se non sembrava, aveva seguito tutte le fasi del mio arrivo e decise dopo alcuni giorni di mettere in pratica la frase che Sándor aveva detto a Godet: "Lascia che la vita ti sorprenda anche in maniera positiva".

Disse anche che nei giorni in cui si teneva a debita distanza da me, trascorreva molto tempo a pensare a quella frase. Fu quando capì alcune piccole verità contenute in essa che decise di farsi sorprendere anche in maniera positiva dalla vita la quale aveva inaspettatamente portato me nel suo regno domestico. Era primariamente un fatto di decisione: determinare la propria disponibilità a essere sorpresi.

La molla che fece scattare il meccanismo interiore di

Wiko fu, da principio, la parola LASCIA. Wiko, che è di quattro anni più vecchio di me, sentiva di dovermi spiegare bene tutte queste cose, che erano molto interessanti e affascinanti ma molte le compresi solo in seguito.

Questa parola LASCIA, disse Wiko, era una forma di imperativo cortese il quale aveva scardinato il sistema che fino a quel momento aveva regolato la sua vita, cioè quello del PRENDI E TRATTIENI, che lo faceva sentire molto al sicuro ma che, allo stesso tempo, aveva reso la sua vita monotona.

Si era abituato alla solita routine, prendeva tutto ciò che normalmente gli veniva dato, dalle crocchette alle coccole, fino alle lunghe spazzolate che Sándor gli somministrava quasi quotidianamente.

Quando arrivai io, si rese conto dello sforzo che faceva per trattenere il vecchio stato delle cose che, in realtà, aveva già subito una modifica a sua insaputa e in modo irreversibile, quindi non avrebbe più potuto farci nulla. Tuttavia si fidava molto di Sándor, non solo perché lo aveva educato credendo in lui, mostrandogli pazienza e dedizione, ma anche perché la prima sostanziale novità fu Godet, che migliorò la vita di entrambi.

Decise di lasciarsi andare anche questa volta e si disse
che ci avrebbe provato anche in futuro con eventuali nuove
situazioni. Il sistema di lasciare che le cose fossero quello
che sono lo portò a comprendere che lui, invece, si stava
irrigidendo nelle sue posizioni, fatto che lo avrebbe
condotto a un precoce invecchiamento.

Dall'atto di lasciare poteva scaturire quella bellissima
condizione che si chiama sorpresa. Perché mai però non
riusciva a pensare che questa sorpresa potesse essere
positiva? In fondo aveva sempre vissuto bene fino a quel
momento! Ed era proprio qui l'inghippo. Aveva paura che
quel benessere potesse diminuire, forse lo riteneva al
massimo della sua espressione.

Fece una cosa che fino a quel momento aveva sempre
fatto, preferendo partire da qualcosa di conosciuto come
salire sul tetto di casa, per sentirsi più a suo agio. Andò ad
accovacciarsi sul colmo, vicino a uno dei comignoli,
volgendo lo sguardo nella solita direzione, verso il cancello
del giardino. Vide altre case, dei giardini e un bellissimo
cielo e fin qui tutto normale, abituale, uguale, sicuro, certo,
bello, molto bello ma... a un tratto decise di volgere lo
sguardo nella direzione opposta, dove non aveva mai

guardato e fu sorpreso da un bellissimo panorama che fino a quel momento aveva percepito solo con la coda dell'occhio.

Oltre il muro di recinzione del giardino c'era un prato che saliva fin sopra una collinetta, ricoprendola quasi tutta. Lungo i lati e in sequenza si trovavano delle case fantastiche, ognuna delle quali meritava più di un giorno di contemplazione. Poi si vedevano tanti alberi e una parte di canale che in genere è solcato da piccole imbarcazioni. "Incredibile!" esclamò dentro di sé. "Vivo in questa casa da oltre due anni e non mi sono mai accorto di tutta questa bellezza!"

Questa scoperta lo meravigliò al punto che sentì il bisogno di restare sul colmo del tetto ancora per qualche attimo, poi ridiscese determinato a fare amicizia con me.

Non sapeva come fare, per cui anche stavolta partì da qualcosa che conosceva bene, mantenendo uno spazio interiore alla novità. Andò ad acciambellarsi su una sedia della cucina, lasciando che la coda penzolasse morbida al di fuori. Io corsi subito perché per me rappresentava un'occasione irresistibile, infatti, dopo averla annusata un poco, iniziai e picchiettarla con le mie zampe anteriori fino a che Wiko si decise a difenderla scendendo dalla sedia e assestandomi dei velocissimi colpetti sulla testa, cosa che mi fece andare su tutte le furie.

In breve mi ritrovai in un corpo a corpo divertente e inebriante. È così che abbiamo iniziato a conoscerci, attraverso il contatto, ed è così che abbiamo scoperto che più stiamo vicini, più è possibile scoprire chi siamo. In seguito io e Wiko, ricordando quella giornata, ci siamo detti: "Pensa a quante piccole verità abbiamo scoperto, e tutto perché abbiamo lasciato che la vita ci sorprendesse anche in maniera positiva".

Oggi credo che queste piccole verità si possano trovare se decidiamo di guardare anche l'altro pezzo di panorama che è sempre stato lì quando non sapevamo di potervi volgere lo sguardo.

# LA SIGNORA M.P.

Era domenica, una di quelle giornate in cui succede un po' di tutto nella nostra casa. Sándor e Godet dedicano questo giorno della settimana alle attività più disparate come il giardinaggio, le gite fuori città, andare per mercatini, pranzare con amici, preparare conserve, leggere più del solito o dormire più del solito.

Questa volta era toccato al mercatino che si svolge nella via principale del quartiere, per buona pace di chi vive nelle case che vi si affacciano.

Se il tempo è bello, Godet e Sándor sono soliti portarmi con loro. Per tutto il tragitto da casa al mercatino me ne sto nel cesto anteriore della bici di Godet che, una volta arrivati, mi mette in una specie di marsupio che ha ricavato cucendo una felpa di Sándor e combinandola in modo che possa indossarla e ci sia lo spazio anche per me. Io in questo marsupio ci sto davvero bene, è come essere affacciata al balcone, posso vedere tutto e allo stesso tempo sono al sicuro.

Wiko non viene mai con noi perché non è stato abituato a questo genere di cose fin da cucciolo e ora sarebbe troppo traumatico. Comunque se la passa bene anche in nostra assenza, padrone incontrastato di tutta la casa!

Andare a curiosare per mercatini è una delle attività che piacciono di più a Godet perché adora creare delle opere con i materiali di recupero. Lei trova oltremodo affascinante usare gli oggetti al di fuori del contesto per il quale sono stati creati. È persino capace di acquistare un mazzo di fili elettrici ritorti o buste piene di tappi di bottiglia, questo solo per citare la normalità, e portarseli a casa tutta contenta sotto lo sguardo divertito, ma a volte anche un po' scettico, di Sándor.

C'è da dire che Godet ha un laboratorio ampio e ben organizzato in cui può archiviare tutto quello che accumula nel tempo. Talvolta però passano dei mesi prima che un certo materiale da lei conservato prenda una nuova veste ed allora Sándor parte all'attacco chiedendole che fine abbia fatto. La risposta di Godet è sempre la stessa: "Quel materiale mi ha detto *'conservami'* ma non mi ha ancora comunicato cosa vuole diventare" e la questione in genere si chiude così.

Sándor trova davvero singolare il rapporto che sua moglie ha con le cose. Una volta al mercato preferì acquistare le arance contenute nei sacchetti di rete colorata piuttosto che comprare quelle sfuse, e che quindi poteva scegliere ad una ad una, pur di avere quel materiale in plastica colorata che le avrebbe consentito di portare a termine un certo lavoro. Non si può dire che battibecchino, semplicemente a volte lui si rifiuta di conservare anche i lacci logori delle scarpe.

Comunque Godet utilizza quasi tutto ciò che mette da parte, realizzando pezzi unici che vanno subito a ruba e che hanno per giunta un'ottima quotazione. Lei vive la vita secondo un suo proposito ed è felice!

Così come accade alla Signora Perhaps che ho spesso sentito nominare per l'unicità del suo modo di vivere. Sono molte le storielle che circolano sul suo conto, qualcuno dice che sia una maga, altri un'imbrogliona, altri ancora una perdigiorno altolocata con amicizie influenti e c'è chi sostiene che diventare vedova sia stato il suo colpo di fortuna.

Fu nel momento in cui ricordavo tutte queste dicerie, che sentii una voce dire: "È proprio quello che stavo cercando! Mi è bastato chiedere e... poff! Eccolo qui!"

"Bene Signora Perhaps, siccome è l'ultimo articolo, glielo regalo" disse frettolosamente il commerciante che aveva già iniziato a chiudere la sua bancarella.

"Ooh, la ringrazio davvero tanto" disse lei in tono gentile, poi proseguì con un'affermazione che non lasciava spazio a repliche: "ma per una legge ben precisa mi sento in dovere di darle una controparte, anche simbolica se crede!"

Le persone spesso non capivano di cosa parlasse, infatti il venditore rispose in questo modo: "Se le cose stanno così, preferisco che paghi" in tono preoccupato.

"Benissimo, ecco il suo denaro e a me il mio vestito, naturalmente augurandole buona giornata".

La Signora Perhaps è semplicemente deliziosa, ha un portamento gentile e deciso allo stesso tempo, come le sue parole, ma forse le persone comuni, abituate a vivere faticosamente in un mondo poco chiaro e sgarbato, credono che tanta serenità sia da trattare con sospetto. Inoltre la Signora Perhaps ha la rara qualità di dire poche frasi ma con quelle far risuonare qualcosa dentro le persone. Alcuni la ringraziano di buon cuore e cercano di frequentarla per poter usufruire di queste sue piccole perle, altri si sentono impauriti, attribuendo quel risuonare interiore a qualche oscura capacità magica di questa luminosa signora.

"Oh, ma che curiosa che sei! Scommetto che tu hai capito tutto, vero biondina?" disse allegramente rivolgendosi a me, poi guardò Godet dritta negli occhi la quale, senza nessun imbarazzo, disse: "Credo proprio di sì, il suo nome è Birrosa Parsley e ha imparato a scrivere".

"Non ho dubbi!" esclamò con tranquillità, poi "sono Mildred Perhaps, molto piacere" disse tendendo la mano.

"Il piacere è mio, mi chiamo Godet e laggiù, vede in quella bancarella di libri, c'è mio marito Sándor".

"L'avrei detto! Le vostre luci sono complementari. Mi chiami pure Mild o Signora Perhaps, se preferisce" aggiunse.

"Mi piacerebbe chiamarla Mild se mi contraccambiasse dandomi del tu" rilanciò Godet.

"Come desideri mia cara" e poi aggiunse con entusiasmo "Sai, anche io ho una gatta che vive con me, è anzianotta, ha diciotto anni e il suo nome è Soleluna".

A quel punto Godet disse: "Sono sicura che a Birrosa Parsley farebbe piacere conoscerla! Che ne pensa se un giorno la mandassi a farle visita?"

"Ma certo Godet, vieni anche tu se ti va" accordò Mild.

Si strinsero la mano per accomiatarsi senza che la Signora Perhaps fornisse a Godet il suo indirizzo di casa.

Sándor ci raggiunse subito dopo, aveva un'espressione allegra e soddisfatta dovuta all'acquisto di un saggio sulle forme musicali dell'Est Europa che tanto aveva cercato. Godet gli raccontò dell'incontro con Mildred Perhaps e lui chiese: "Che impressione ti ha fatto?", perché aveva udito le mille voci sul suo conto, ma sosteneva fermamente che ognuna di esse andasse verificata di persona. "Un'ottima impressione!" rispose Godet. "Eccellente!" concluse Sándor semplicemente prendendo poi la sua amata moglie a braccetto e dirigendosi entrambi alle biciclette, mentre io dal marsupio-balcone mi godevo questo bel quadretto familiare.

Tornammo a casa per l'ora di pranzo. Wiko ci aspettava accoccolato sulla poltrona del patio nell'esatto punto in cui un fascio di luce calda del sole la illuminava e lui se ne stava lì come un pascià. Non si scomodò più di tanto al nostro arrivo, limitandosi a seguirci con lo sguardo.

Appena gli passammo accanto, gli dissi che avevo delle cose importanti da raccontargli e lui per tutta risposta sbadigliò e iniziò a stiracchiarsi, segno che forse presto si sarebbe mosso di lì, o almeno così speravo.

Il pomeriggio si fece largo, avanzando pigro in quella domenica di autunno, ma di Wiko neppure una traccia. Io intanto ripensavo all'incontro con la Signora Perhaps e al fatto che vivesse con una gatta tanto anziana. Chissà che aspetto aveva Soleluna? Chissà se era uno dei soliti nomi dati in maniera qualsiasi o se c'era un nesso con qualche sua caratteristica? Mi chiedevo anche quante cose dovesse conoscere che potessero interessarmi, quali insegnamenti avrei potuto ricevere da lei, quando all'improvviso un pensiero opposto irruppe nella mia immaginazione: e se invece fosse stata un'idiota? O una gattaccia spelacchiata e rimbambita dalla vecchiaia? Nooo, non poteva essere! Se è vero che i gatti un poco rispecchiano le caratteristiche dei loro padroni di casa, allora Soleluna doveva essere molto interessante. A questo punto non mi restava che verificare di persona, ma come fare? Non sapevo neppure dove abitasse!

Decisi di andare a disturbare Wiko, del resto aveva oziato per tutto il giorno e questo un po' mi legittimava a interrompere tanto spreco di tempo.

"Wiko, hey Wiko!" esclamai toccandogli la coda "dai, basta poltrire! Ho da chiederti una cosa della massima importanza" aggiunsi per dare un tono grave alla situazione.

"Yawn-yawn-yaawwn-yawwn!" questa fu la sua prima reazione, una raffica di sbadigli. Poi: "Non vedi che sto riposando?" domandò tra il divertito e il sonnolento.

"Dai Wikoo! Con tutto il rispetto parlando, non essere ridicolo! Da cosa ti stai riposando? Non hai mosso zampa per tutto il giorno!" replicai in tono ironico ma anche un po' indagatore.

"Potrai non crederci, ma non immagini quanto oziare possa essere faticoso" osservò.

"Scherzi?" ribattei strabuzzando gli occhi e in tono incredulo.

"Non scherzo affatto. Quando uno decide di oziare, o ha semplicemente il bisogno di farlo, subito scatta una strana sensazione di inadeguatezza alla vita perché siamo circondati da una società in cui si deve essere sempre impegnati in qualcosa di importante o produttivo. Ecco, io sono impegnato nell'atto di oziare che, sfortunatamente, non rientra nella categoria 'cose importanti', né in quella 'cose produttive'. A mio avviso questo è un grave errore, perché in realtà nei momenti di ozio succedono un sacco di cose, come delle illuminazioni, quindi io sono qui che mi faccio paladino di questa bandiera, ma in pochi lo capiscono. E poi tu che ne sai di come ho trascorso la giornata fino ad ora?"

"Ti ho visto, da quando siamo tornati dal mercato non hai mosso un baffo!"

"Dici bene, però ignori totalmente come posso aver trascorso le ore durante le quali voi tre eravate fuori casa".

"Allora dimmelo tu cosa hai fatto?" chiesi leggermente seccata.

"Ho oziato!"

A quel punto ci guardammo, lui aveva uno sguardo beffardo, io incredulo, ma scoppiammo in una bella risata. Non capivo se stesse scherzando o dicendo la verità o se, ancora, non volesse farmi sapere come aveva trascorso quelle ore di solitudine, ma decisi di non occuparmene affatto. Per me ciò che aveva la priorità era sapere dove abitasse Soleluna.

"Senti Wiko, oggi al mercato abbiamo conosciuto la Signora Mildred Perhaps, io l'ho trovata veramente deliziosa, ma per lasciare agli uomini le cose degli uomini e agli animali le cose da animali, ciò che mi preme chiederti è se hai mai sentito parlare di una gatta anziana che si chiama Soleluna".

"Certamente, vive con Mild!"

"E tu come fai a sapere che la signora Perhaps si fa anche chiamare così?"

"La prima gatta che ho conosciuto quando ci siamo trasferiti in questa casa è stata proprio Soleluna. Essendo la più anziana del quartiere tocca a lei recarsi dai nuovi arrivati per dargli il benvenuto".

"Che gioia! Allora sai anche dove abita?"

"Dove credi che fossi stamattina mentre voi eravate al mercato?"

"Accidenti! Chi l'avrebbe mai detto! Ma scusa, quando siamo tornati eri addormentato sulla poltrona del patio e sembrava che fossi lì da ore!"

"Esatto, sembrava, ma non è stato così, ormai dovresti aver imparato che spesso le apparenze ingannano" esclamò Wiko.

Allora osservai: "Certo che se Sándor e Godet sapessero che te ne vai in giro ne avrebbero un gran spavento!"

"Infatti, per evitare che si preoccupino, faccio in modo che non se ne accorgano. Sándor mi ha sempre protetto con amore, ma forse ha leggermente esagerato, limitando i miei spostamenti".

"Come mai?" chiesi teneramente incuriosita.

"Prima di andare a stare da Sándor, ho vissuto, ancora cucciolo, in una casa in cui c'era un gatto enorme e pieno di muscoli che non mi voleva in mezzo alle zampe, per cui mi dava continuamente la caccia e ogni volta che riusciva a scovarmi erano dolori".

"Cosa ti faceva?"

"Mi dava pugni, per lo più".

"Oh, povero Wiko!"

"Per farti capire la natura di questo gatto, molti di noi lo hanno soprannominato Cassius".

"E che razza di nome è? Non mi dice nulla!"

"Oh beh, certo, non eri neppure nata. Cassius è il nome di uno dei più grandi pugili di tutti i tempi".

"Pugili? Di cosa si tratta?" chiesi confusa.

"Pugile è il nome dell'atleta che pratica lo sport del

pugilato".

"E in cosa consiste?" chiesi ancora.

"Due pugili si affrontano sul ring, cioè il loro campo da gioco, e iniziano a picchiarsi dandosi dei pugni, ma naturalmente ci sono delle regole".

"Tipo non farsi male?"

"Mmh, non direi, si fanno male, eccome! Nasi e zigomi rotti e cose di questo genere. Vince il più forte, o per un certo punteggio realizzato o per KO".

"KO-o-o?"

"Significa stendere al tappeto l'avversario che non ha più le forze per rialzarsi e rimane sul ring malconcio. L'arbitro conta fino a dieci, se nel mentre il malridotto si rialza il round riprende, altrimenti quello che sta in piedi viene proclamato vincitore".

Wiko terminò la descrizione di questo sport di cui non riesco tuttora a capire il senso, ma forse perché sono una gatta, magari gli esseri umani ne comprendono l'utilità o il valore. A me comunque era sembrato un sistema un po' violento e sapere che Wiko fosse stato tartassato da un gatto enorme con simili caratteristiche mi aveva fatto venire i brividi.

“Beh, grazie per la spiegazione sul pugilato, ma poi questo Cassius in realtà come si chiama?” chiesi.

“Si chiama Gattone”.

“Gattone? Ma che razza di nome è?”

“Beh” rispose Wiko “ti basti sapere che mia sorella, che invece è rimasta in quella casa, si chiama Micia!”

“Santo cielo! Nessuna inventiva con i nomi. E il padrone di casa come si chiama?”

“Georgiu” rispose Wiko, poi proseguì “è un amico rumeno di Sándor, un bravissimo liutaio, molto appassionato di pugilato”.

“Ah-aaah! Forse è così che Gattone ha imparato a picchiare! Senti, ma dove eravamo rimasti?”

“Già, abbiamo divagato un poco, ma è a causa delle tue infinite domande!” esclamò Wiko in tono divertito, poi andò avanti dicendo: “Una sera Georgiu bussò alla porta di casa di Sándor con me in braccio avvolto da una delle sue grandi mani, e poi con un sacchetto di lettiera, una confezione di crocchette ed una cassetta per i bisogni nell’altra mano. Sándor aprì la porta ma prima ancora che avesse potuto dire qualsiasi cosa, si ritrovò me tra le braccia.

Georgiu disse nel suo accento ancora vagamente

rumeno: "Ti prego adottalo, a casa con Gattone sta rischiando la pelle! Ti ho portato tutto quello che può servire".

Sándor, abituato all'impetuosità del caro amico, ribatté che avrebbe fatto una settimana di prova.

Dopo quella settimana Georgiu telefonò a Sándor per sapere come stesse andando con Wiko e lui disse che questo gatto gli dava la sensazione di buon auspicio, per cui l'avrebbe tenuto.

"Così rimasi con lui" proseguì Wiko "che si è sempre preso cura di me in modo molto preciso, però avendo saputo dei miei trascorsi violenti a causa di Gattone, divenne iperprotettivo pensando così di evitarmi ulteriori traumi che, a suo avviso, non avrei potuto reggere. Per questo quando esco per girovagare lo faccio di nascosto, credo che altrimenti si preoccuperebbe troppo" concluse.

"Ma come facevi a sapere a che ora saremmo tornati a casa?" domandai.

"È semplice, Soleluna e la Signora Perhaps abitano in quella bella casa tutta bianca che domina la via del mercato, mi è bastato tenervi d'occhio".

"Ci vuole tanto per raggiungere la casa?" chiesi

impaziente.

"No, non tanto, però dovremmo trovare il momento adatto per farlo" rispose Wiko.

"Ok, allora cosa suggerisci?"

Attese un attimo prima di rispondere, come se stesse facendo chissà quali valutazioni, poi disse: "Non vorrei che Sándor si preoccupasse, per cui un buon momento potrebbe essere quando lui sarà fuori casa per un giorno o anche solo qualche ora".

"Va bene" dissi io sconsolata. Non vedevo l'ora di conoscere Soleluna e chissà quando sarebbe accaduto.

La giornata si concluse in maniera serena, ma io non riuscivo a smettere di immaginare come potesse essere fatta Soleluna. Poco prima di addormentarci chiesi a Wiko come mai io non avessi ricevuto il benvenuto di Soleluna e mi rispose dicendo che lei lo faceva solo con i gatti nuovi nel quartiere e che essendo i miei vecchi padroni di casa residenti in zona, non vi era stata questa necessità.

"Sì, ma non è venuta a darmi il benvenuto neppure quando sono nata!" esclamai.

"Non spetta a lei farlo, bensì alle nostre mamme, sono loro che hanno il compito di accoglierci nel mondo, capisci?”

“Credo di sì, ma come mai non è mai venuta alle riunioni del CAOS?”

“Ti sbagli, è sempre stata presente ma tu non l’hai notata, evidentemente. Devi imparare a osservare con maggiore attenzione, amica mia, e ora dormiamo per favore” concluse.

Uffa!!! pensai. Lo detesto quando mi fa le raccomandazioni, e giuste per giunta!

La mattina seguente fu tutto un trambusto, era l’alba e non capitava spesso che Sándor e Godet si svegliassero così presto, anzi, in genere siamo io e Wiko a dargli la sveglia miagolando all’impazzata per avere le crocchette. Evidentemente c’era qualcosa di importante in corso.

Chiesi a Wiko se avesse qualche idea di cosa stesse accadendo e lui mi rispose dicendo che poteva trattarsi di un viaggio, o della consegna di un lavoro importante al quale precede una conferenza mattutina, oppure delle visite mediche.

Mentre Wiko rispondeva al mio quesito, sentimmo Godet dire: “Ci sono due cose che mi fanno detestare le analisi del sangue, svegliarmi presto e non poter fare colazione".

"Su Godet!" replicò Sándor in tono divertito "ci riempiremo la pancia tra non più di un'ora e poi, dato che saremo in giro in centro, andremo a comprare un bel paio di scarpe da trekking per ciascuno, sei d'accordo?"

"Sì ok, però vorrei essere di ritorno per pranzo" rilanciò Godet.

"E sia!" fu la risposta di Sándor.

Uscirono di casa in pochi minuti ed io, appena vidi la macchina scomparire all'orizzonte, corsi da Wiko e: "Hai visto? E hai sentito? Torneranno per pranzo, che ne dici se andiamo a trovare Soleluna?"

"Non è detto che ritornino per pranzo, potrebbero sbrigarsi prima, ma abbiamo comunque qualche ora a disposizione" precisò il mio grande amico.

Uscimmo dalla gattaiola della porta-finestra della cucina, attraversammo il prato e ci arrampicammo sul muro posteriore della recinzione. L'erba era ancora piuttosto umida e il muro gelido, il sole non era ancora alto in cielo ed io sentivo freddo. Wiko disse che muovendoci veloci avremmo potuto scaldarci facilmente e saremmo arrivati a destinazione in breve tempo.

Passammo sui muri della recinzione di quattro case, poi in un viottolo stretto e buio tra due file di edifici, percorremmo veloci i bordi di un campo da gioco in cui dei bambini si preparavano per l'allenamento di chissà quale sport e arrivammo nel retro della casa di Soleluna superando l'ultimo muro del percorso.

Mi sentivo un po' stanca, ma dentro di me ero tutta frizzante per il desiderio di conoscerla. Sembrava che ci stesse aspettando. Wiko la vide mentre ci avvicinavamo alla casa, era sul davanzale di una finestra del primo piano, mi disse di alzare lo sguardo indicando il punto in cui avrei potuto vederla. Ci fermammo un attimo, entrambi fissando in alto quella finestra. Vedemmo Soleluna sparire e dopo pochi secondi riapparire nel giardino. Era venuta ad accoglierci.

"Caro Wiko, benvenuto anche oggi" disse con una bellissima voce materna che infondeva serenità, poi proseguì "e il benvenuto anche a te, Birrosa Parsley".

Sapeva il mio nome? "Buongiorno Signora Soleluna, piacere di conoscerla" dissi goffamente.

"Signora?" chiese lei in tono divertito "sono una gatta io!"

“È vero Signora Soleluna, ma in poche hanno il suo portamento, e poi non sapevo come rivolgermi a una gatta della sua età”.

“Oh, non farti intimorire, il rispetto non risiede solo nelle parole, ma anche nel modo in cui le pronunci, non trovi? Puoi chiamarmi semplicemente Soleluna”.

“Credo di sì” risposi.

“Bene” proseguì lei “a cosa devo questa piacevole visita?”

“Birrosa moriva dalla voglia di conoscerti, ed è tutto direi” rispose Wiko.

“Sempre preziosamente sintetico, amico mio” osservò lei. “Allora Birrosa, cosa vorresti sapere?”

“Come fa a sapere che voglio sapere qualcosa?” chiesi.

“Perché la conoscenza di ogni cosa passa attraverso l’acquisizione di informazioni di varia natura, per arrivare a sapere. Dunque come puoi dire di sapere chi sono senza conoscere nulla di me?”

“Beh, però ora conosco il suo aspetto, è una prima informazione”.

“Ma non basta!” esclamò Wiko.

“Non basta ma è sufficiente a incuriosirti e farti decidere

se andare avanti o no" ribatté lei.

"Io vorrei sapere l'origine del suo nome" chiesi d'un tratto.

"So che può sembrarti scortese ma risponderò a mia volta con una domanda. Vedi qualche legame con il mio aspetto?"

"Sì, non v'è dubbio" constatai. Il suo intero manto, viso compreso, era formato da due colori, uno giallo splendente e l'altro bianco un po' abbagliante. I due colori si incontravano nel dorso e nel ventre come fanno le dita delle mani dell'uomo infilandosi le une negli spazi vuoti delle altre. Un manto singolare che aveva del meraviglioso nel viso, questo compenetrarsi dei colori era talmente armonioso da lasciare incantati.

Gli occhi, infine, erano scuri come la punta del naso.

"Ma c'è dell'altro" aggiunsi, rendendomi conto che il suo nome non era legato solo al suo aspetto.

"Sì, piccola. Il nome che ci viene dato può rispecchiare certe nostre caratteristiche, ma può anche esaltarle o addirittura dargli vita, segnando la nostra esistenza. Questo mio nome mi ha conferito la forza del sole e la dolcezza della luna" aggiunse lei e dalle sue parole, ma soprattutto da quel suo modo speciale di dirle, si sentiva chiaro il contributo del sole che la faceva essere così assertiva e quello della luna che l'ammorbidiva e ovattava rendendola estremamente gradevole.

"Avrai sicuramente vissuto tante esperienze, visto e conosciuto uomini e gatti, tanto che non saprei da dove iniziare con le domande! Vediamo... oh sì! Ieri al mercato Godet ha conosciuto la Signora Perhaps, ed io ero proprio lì. Ho sentito che diceva che a lei basta chiedere e ciò che chiede lo trova sempre, sembrerebbe senza affanni, ma come fa? Cioè cosa intende dire?"

"Oh Mild ha una filosofia di vita tutta sua ed è per questo che circolano tante stupide voci sul suo conto. Lei sa che affannarsi per le cose materiali è di per sé una perdita di tempo".

"Ma anche le cose materiali servono per vivere!" esclamai.

"È vero, servono! Hai detto bene, svolgono un servizio alla vita e non deve mai accadere il contrario".

"Allora qual è il suo punto di partenza?" chiesi estremamente incuriosita.

"Lei sa che non le mancherà mai nulla di ciò di cui ha

bisogno perché è la vita stessa che chiede di manifestarsi attraverso le persone e la natura, le opere d'arte e di ingegno e via dicendo. Quindi le basta sapere cosa sia arrivato il momento di fare e tutto il resto giunge a lei per aiutarla nell'azione, anche se questo accade grazie ad una certa disposizione interiore".

"Potresti farmi un esempio preciso?" mi sembrava che questo concetto della disposizione interiore non fosse per niente chiaro.

"Potrei farti più di un esempio considerando la vita così ricca ed espressiva che ha vissuto. Vediamo... tu sapevi che Mild è stata un'importante scrittrice di storie per bambini?"

"No, davvero? Mi interessa tanto!" risposi con entusiasmo.

"Bene, iniziò a scrivere da un giorno all'altro, senza neppure sapere cosa avrebbe scritto. Aveva sempre coltivato la passione per la scrittura, ma lo faceva per lei, le piaceva molto annotare delle riflessioni, i suoi stati d'animo e cose del genere. Mai aveva pensato, però, che avrebbe trascorso un certo periodo della sua vita come scrittrice. Sta di fatto che scrisse e scrisse, e questo le faceva sentire un certo benessere oltre che divertirla a dismisura e tanto le bastava per farla andare avanti giorno dopo giorno in maniera gioiosa. Le idee venivano così, come se per tanto tempo fossero rimaste compresse in un barattolo e d'improvviso qualcuno o qualcosa le avesse tutte liberate".

"E poi cosa accadde? Perché un conto è scrivere per sé, un altro è scrivere perché vuoi fare un libro" osservai.

"Brava Birrosa! Uno dei segreti è proprio questo. Ci sono alcuni che iniziano con l'intento di scrivere un libro e allora si sente parlare di blocco da pagina bianca, calo delle idee e problemi del genere. Altri scrivono perché è arrivato il momento di farlo e spesso lo fanno senza sapere dove questo li porterà".

"E questo è sufficiente a fargli avere successo?"

"Non sempre hanno successo. Dipende da ciò di cui c'è bisogno in quel momento".

"Non ti seguo" dissi io confusa.

"Cercherò di spiegarmi meglio", rispose in tono affabile e proseguì "ciò che facciamo può essere o non essere utile al prossimo. Se una vasta parte di popolazione ha davvero bisogno di qualcosa, tutto si muove affinché questo bisogno sia soddisfatto, altrimenti ne sarà soddisfatto almeno uno cioè quello della persona che ha scritto perché aveva necessità di farlo e affinché potesse trarre la sua crescita da una simile esperienza".

"È come una specie di mistero" osservai.

"Ed è per questo che Mild non si affanna mai, i misteri si svelano con la dovuta calma e pazienza".

Intervenne poi Wiko che chiese: "Questo sistema funziona con tutte le cose?"

Soleluna rispose dicendogli: "Credo di sì, il principio è lo stesso ed è basato sull'essere autentici. Se vi è un contatto con quanto sta dentro di te, emergono le qualità più disparate e portano sempre fortuna, perché al di là della realizzazione materiale non esiste essere più felice di chi riesce a vivere in maniera gioiosa con se stesso. E questo è uno stato che conferisce una certa chiarezza di propositi, la quale può fare da guida nelle giuste azioni".

"Ma perché se Mild ha scritto delle storie belle e utili, non è riconosciuta come scrittrice importante e anzi la gente sparla di lei senza neppure conoscerla?" chiesi.

"Innanzi tutto i suoi libri sono stati pubblicati con un altro nome, in pochi sanno che li ha scritti Mildred Perhaps, inoltre sono passati già diversi di anni dai suoi successi letterari e la gente tende a dimenticare in fretta perché è nella continua ricerca delle novità alla moda, alcune delle quali sono ottime prove di autenticità, intendiamoci, ma molte invece sono solo brutte copie del filone in auge in un dato momento. Mildred si è anche dedicata ad altre attività aiutando tante persone e comunque non si cura delle malelingue che, peraltro, si riducono a pochi poveri di spirito che vivono nel quartiere. Lei conosce il suo valore, anche se non sta a dirselo in continuazione. Vive gioiosamente e in semplicità di spirito".

"Grazie Soleluna, oggi mi hai dato delle indicazioni importanti. Anche a me piace scrivere e mi piace e basta".

"Benissimo, se poi ciò che hai scritto potrà essere utile, allora tutto si muoverà affinché i tuoi scritti raggiungano coloro che ne hanno bisogno" aggiunse Soleluna.

"Anche se li ha scritti una gatta?"

"Tesoro, le cose hanno i limiti che gli mettiamo noi, non ti preoccupare, le vie del Tutto vanno oltre la nostra comprensione" concluse.

"Bene Birrosa, se sei soddisfatta direi che potremmo rincasare. Che ne pensi?" propose Wiko.

"Oh sì, certo. Ciao Soleluna, potrò tornare a trovarti?" chiesi ansiosa.

"Ma certo, mi trovi sempre qui. A presto e buona giornata anche a te Wiko" concluse mentre il suo manto mi sembrava più luminoso di prima.

Camminammo verso casa in silenzio e così rimasi per il resto della mattina, avevo bisogno di fare depositare questa esperienza dentro di me. Mi accovacciai nel patio, dopo poco volsi lo sguardo in alto e nel cielo vidi che il sole era alto... ma si poteva scorgere anche un tenue spicchio di luna.

# AURA

Nella nostra casa ci sono le scale che collegano il piano terra con il primo e poi questo con la mansarda. È una casa grande, con il giardino tutto attorno, un'altra piccola casetta e un vecchio capanno di legno che Sándor e Godet avevano deciso di non ammodernare lasciandolo vetusto ma non per questo meno affascinante.

Wiko mi ha detto che per i lavori di ristrutturazione della casa ci vollero diversi mesi perché all'interno era stata un po' maltrattata dai vecchi proprietari che decisero di venderla per andare a vivere in campagna: la Dott.ssa Horseground e il Dott. Schwartzkatze avevano infatti allestito parte dell'abitazione a laboratorio-studio. Questa coppia si occupa di animali ma non sono dei medici, bensì degli etologi, quindi studiano il comportamento degli animali e ciò li ha portati talvolta a delle scoperte straordinarie.

Queste cose me le ha raccontate Wiko, dicendomi che quando mise zampa per la prima volta nella nuova casa, respirò da subito un'aria interessante, sostenendo che quel clima di studio relativo agli animali aveva lasciato una traccia particolare che a lui sembrava di percepire.

Ma perché l'uomo è così interessato al comportamento animale? Del resto, e nella stragrande maggioranza dei casi, la nostra convivenza con l'uomo va bene anche senza che egli abbia chissà quali nozioni scientifiche su di noi. Anzi, a volte l'assenza di queste teorie sul comportamento ci permette di non essere indotti in nulla che non sia di per sé spontaneo.

Sono molto felice che Godet non pretenda da me esercizi giornalieri di scrittura per ampliare le mie capacità, o comprendere quali meccanismi abbiano portato a svilupparle, anche se posso capire che forse l'uomo attraverso i suoi studi ha l'opportunità di scoprire cose che altrimenti non vedrebbe e che probabilmente sono importanti.

Questo interesse dell'uomo, che ha addirittura creato corsi universitari e specializzazioni, aveva destato interesse anche in me. Volevo conoscere la ragione che spinge l'uomo ad occuparsi di questo aspetto che io ho sempre dato per scontato: il comportamento e l'intelligenza animale.

Ne parlai con Wiko ma lui non mi seppe dire altro se non che l'uomo, ritenendosi superiore ad ogni cosa presente sulla terra, pensa di poter cacciare il naso negli affari altrui. Era stato un po' aspro in queste sue considerazioni e non ne comprendevo il motivo.

"Perché sei così severo con gli uomini?" chiesi stupita.

"Perché spesso sono talmente presuntuosi che non riescono ad andare oltre quello che vedono!" esclamò Wiko, che in genere non usa esprimersi con tanta enfasi mantenendo, invece, un certo aplomb, tanto che questo suo stile gli è valso il soprannome di Lord o anche Gatto Inglese. Evidentemente questo tono e le sue parole così esplicite mal celavano un certo fastidio.

"Wiko, non è da te parlare in questo modo, perché ti scaldi tanto?" dissi invitandolo a spiegare a cosa si riferisse, poi aggiunsi: "Quale altro mezzo potrebbe avere l'uomo per le sue osservazioni?"

"Birrosa cara, tu ben sai che siamo stati dotati di cinque sensi che ci permettono di entrare in contatto con la realtà sensibile e misurabile. Anche nell'uomo è così ma non sta riuscendo a superare questo limite".

"E cosa c'è di male? Ognuno fa quello che può!"

"Oh, nulla di male! Ma se davvero è superiore agli altri animali, o almeno così l'uomo crede di essere, perché cerca di misurare tutto con lo stesso metro?"

"Metro? Cioè?" chiesi perplessa.

"Il metro è uno strumento di misura delle lunghezze e comunque è un modo di dire!" rispose con pazienza.

"E cosa significa allora? Non sono tutti uguali questi metri?" chiesi.

"Sì, dovrebbe, ma il problema è proprio lo strumento" rispose Wiko.

"Fammi indovinare, non sarà forse perché questo metro è solo per un certo tipo di grandezza?" osservai.

"Si vede che stai crescendo Birrosa, le tue deduzioni stanno facendo progressi. È come dici tu. L'uomo misura il mondo usando degli strumenti che sono congeniali alla sua capacità di percepire il mondo stesso, ma potrebbe sviluppare i suoi sensi in modo che questi divengano più potenti".

"Perché, quelli che ha non gli bastano?" obiettai stupita.

“Tu sai che certi animali possono udire delle frequenze che all’uomo sono precluse?”

“Davvero?” chiesi curiosamente.

“Sì, e il fatto che l’uomo non senta tali frequenze non significa che non esistano”.

“Dove vuoi arrivare?” sentendo che il ragionamento non si fermava qui.

“Voglio giungere al punto che se l’uomo è riuscito a creare degli strumenti per captare gli ultrasuoni che lui non riesce a udire e attraverso questi strumenti accettare l’esistenza di qualcosa che sfugge al suo udito, allora dovrebbe credere che ci siano delle realtà che non riesce a vedere con gli occhi ma non per questo non esistono”.

“Puoi farmi un esempio?”

“Ci sono stati degli studiosi che, attraverso un certo particolare tipo di tecnica fotografica, sono riusciti a mostrare il campo energetico di alcune foglie e poi hanno esteso la cosa anche all’uomo. Ma senza questo tipo di foto, l’uomo con i soli occhi non riesce a vedere questa energia che è stata chiamata aura”.

“E cosa sarebbe l’aura?”

“Per quanto ne so, sarebbe come un alone di energia che

avvolge il corpo umano e quello degli animali, la natura in generale".

"È davvero impossibile vederla con gli occhi?"

"In realtà qualcuno ci riesce ma altri no, per cui quelli che ci riescono sono messi in dubbio da quelli che non ci riescono" rispose Wiko.

"E perché? Ci vuole qualche capacità particolare?"

"Birrosa, non sono molto informato, so alcune cose sull'energia e ne abbiamo parlato in passato, ma non so perché alcuni possono vederla e altri no. Però così come certi animali possono udire gli ultrasuoni o vedere i colori in maniera diversa dall'uomo, forse esistono delle differenze anche per le energie. Ci sarà di certo una ragione per la quale alcuni uomini la possono vedere ed altri no".

"Wiko, ora io devo trovare il modo di capire questa cosa, sai quanto sono curiosa!"

"Già, comprendo" rispose Wiko "ma proprio non riesco ad andare oltre. Posso solo aggiungere che gli scienziati e la scienza hanno bisogno di persone con queste capacità e che siano in grado di dimostrare queste realtà invisibili all'occhio perché la scienza e i suoi metodi di indagine hanno bisogno di progredire" concluse acciambellandosi su uno dei gradini della scala che collega il piano terra al primo.

A quel punto azzardai una proposta: "Cosa ne pensi se convocassi il Caos per cercare di capire qualcosa di più?"

"Non servirebbe, ci ho già provato io circa due anni fa, tu non eri nata, la seduta fu tolta quasi subito perché nessun gatto allora presente seppe fornire una spiegazione" rispose Wiko.

"Neppure Soleluna?"

"Soleluna era in vacanza e quando seppe del tema da me proposto, ritenne che avrebbe potuto aiutarmi solo in piccola misura".

"Cioè cosa ti disse?" chiesi io piena di speranza e ammirazione per quella gatta straordinaria.

"Disse che nasciamo tutti uguali ma poi ognuno compie un percorso nella vita che lo porta a sviluppare delle capacità. Inoltre dice che nascendo più e più volte alcuni, ripetendo esperienze simili nello stesso ambito, alla fine diventano esperti, più bravi di altri. Forse per questo motivo certe persone vedono questo campo energetico e altre no".

"E questo vale anche per i gatti e gli animali in generale?"

"Non lo so ed anche Soleluna, poiché le posi la stessa

domanda, mi disse che non ne era sicura anche se ne aveva il sospetto, sennò non si sarebbe spiegata come mai alcuni gatti sono più dotati di altri”.

“Ma io pensavo dipendesse dall’ambiente in cui si cresce e si vive!” esclamai.

“In parte è determinante ma non è l’unico elemento importante. Come ti spieghi che Mac, pur vivendo in una casa di dotti, non pensi ad altro che al cibo?”

“Già, non ci avevo fatto caso” concordai con Wiko.

“Inoltre tu Birrosa hai imparato a scrivere e sei capace di riportare quello che vedi nei tuoi racconti, ma pur avendo ascoltato tanta musica come me, non te ne sei interessata” aggiunse Wiko nel tono da Lord che aveva già ripreso da qualche minuto.

“Mmmh sì, la musica mi piace, è vero ma l’esperto qui sei tu, non v’è dubbio!”

Rimasi a fianco a Wiko, nello stesso scalino della scala di legno che collega il piano terra al primo, mi acciambellai anche io e pensai, pensai, pensai...poi: “Wiko! Ho capito una cosa!” dissi in tono baldanzoso e all’improvviso.

“Dai Birrosa, mi hai fatto spaventare!”

“Eeee vabbè! Ti spaventi per tutto tu! Senti, se

rimaniamo qui tra il piano terra e il primo non potremo risolvere il quesito!”

“Ma questo cosa c’entra?”

“È una metafora, cioè i nostri ragionamenti ci hanno portato fin qui, ma se vogliamo uscire dalla stasi, dobbiamo trovare il modo di salire al primo piano o scendere al piano terra”.

“Quindi cosa proponi? Suppongo tu abbia qualcosa in mente!” ribatté Wiko divertito.

“Ok, se il CAOS fosse il piano terra, mentre le scale la nostra capacità di ragionare e porre domande, direi che il primo piano sarebbe il Crescenzo”.

“Il Crescenzo?!! No Birrosa, ti prego!” esclamò Wiko.

“Perché? Perché no?!” aggiunsi allegra mentre gli occhi mi si erano illuminati di genialità.

“Tu sai che cosa comporta il Crescenzo e accidenti a me che te ne ho parlato!”

Il Crescenzo è il Comitato Animali Domestici per la Comprensione delle Faccende di Ordine Superiore. Fu fondato molti anni fa da un cavallo di nome Enzo e poiché le finalità del comitato sono volte alla crescita della comprensione, fu scelto un nome che ne riassumesse gli obiettivi e che allo stesso tempo rendesse omaggio al suo fondatore.

Enzo era stato un bellissimo cavallo, vincitore di molte competizioni ippiche. Il suo padrone, Sir Anthony Williams, lo amava e curava con grande dedizione. Enzo crebbe allevato nelle migliori scuderie e nei periodi di riposo che si avvicendavano a quelli di allenamento e gara, veniva portato al trotto in campagna, assieme ad altri cavalli.

Sir Williams gli parlava sussurrandogli le istruzioni alle orecchie, stabilendo con lui un contatto quasi silenzioso che nel tempo si era trasformato in intesa. Enzo riferì che aveva sempre sentito qualcosa di forte e positivo sprigionarsi dal suo padrone. In seguito seppe attribuire un nome a questa cosa che chiamò fiducia e che a lui non mancò mai, soprattutto nelle gare, un sostegno che forse era il segreto delle vittorie riportate a tutte le competizioni a cui partecipò.

Sir Williams lo ritirò dal circuito della gare ancora prima che Enzo avesse potuto dare il minimo segno di cedimento, consegnando così il suo nome al firmamento delle stelle equine.

Visse ancora per molti anni, amato dal suo padrone che

lo elesse istruttore dei giovani cavalli che entravano nelle scuderie Williams. Nessuno è mai riuscito a spiegarsi la fortuna di questo pacato lord inglese nell'avere avuto così tanti cavalli straordinari. In realtà erano loro stessi a tramandarsi, dall'uno all'altro, i segreti dell'addestramento, seguiti dall'occhio vigile dell'acuto Sir.

Egli aveva capito che questi straordinari e bellissimi animali hanno un'intelligenza che si esprime al meglio in un certo tipo di lavoro di gruppo e così lasciò che Enzo mostrasse ai giovani campioni i movimenti e la forza necessari per formarsi nel modo migliore.

Il Crescenzo era diventato, nel tempo, un organismo molto utile per gli animali domestici che, stando sempre più a contatto con l'uomo, avevano un crescente bisogno di comprendere molte delle cose che vedevano e sentivano dai padroni di casa.

La convocazione del Crescenzo è permessa solo ad animali di almeno due anni di età, per cui io ero tagliata fuori a quel tempo.

"Wiko, ti prego, chiedi che il Crescenzo si riunisca in assemblea per chiarire come mai alcuni possono vedere questo alone di energia ed altri no, ti pregooo!!!" supplicai tra il lagnoso, il drammatico e l'adulante.

"Birrosa, tu sai che questo comporta, se la domanda di convocazione fosse accolta, un lungo viaggio di almeno quattro giorni. Come faccio a sparire da casa per quattro giorni? Hai idea di come potrebbero sentirsi Sándor e Godet?"

"Sinceramente pensavo che tu avessi partecipato all'assemblea almeno una volta!"

"No, mai, e anche se te ne ho parlato e ti ho riferito ciò che conosco al proposito, non vi ho mai preso parte".

"Senti Wiko, io credo che questa sia una doppia occasione" osservai cercando di incuriosirlo.

"Che cosa intendi dire?" chiese lui.

"Tu potresti, una buona volta, far capire a Sándor che sei capace di allontanarti da casa e fare ritorno sano e salvo, ed io potrei dare risposta ai quesiti che non sappiamo risolvere da soli, oltre che fare una bellissima esperienza" proposi.

"Ma soffrirà! Capisci? Rimarrà in pensiero per quattro giorni e anche Godet! Mobiliteranno la Protezione Civile per trovare sia me che te!" replicò Wiko.

"Protezione Civile? E cosa è?"

"È un gruppo di uomini che soccorre altri uomini e..."

"Benissimo" lo interruppi subito "allora non abbiamo problemi, appena Sándor o Godet chiameranno questi uomini civili per dirgli che due gatti si sono persi, gli rideranno in faccia e riattaccheranno la cornetta del telefono. Nel mentre noi saremo liberi di muoverci senza avere nessuno appresso".

"Dici?" ribatté Wiko in un tono sorpreso. Forse non ci aveva mai pensato.

"Dico, dico. Ed ora mettiamoci al lavoro" proposi con soddisfazione.

La convocazione del Crescenzo avviene *da bocca a orecchio*. Questa espressione indica la modalità di comunicazione del bisogno di riunire tutti in assemblea. Il richiedente deve informare un passero della zona in cui vive della sua necessità di convocare il Comitato Animali Domestici per la Comprensione delle Faccende di Ordine Superiore. Riuscire ad avvicinare un passero non è una cosa facile se a farlo deve essere un gatto. Sono due gli istinti che devono essere dominati: quello di conservazione del passero e quello predatore del gatto.

Wiko sapeva che questa incombenza lo avrebbe impegnato non poco e non mi sembrava granché felice, ma riuscii a strappargli una promessa. In realtà era più un patto, lui avrebbe fatto questo per me ed io in cambio avrei trovato il modo di organizzargli un appuntamento con Rosabianca.

"Affare fatto!" esclamai con decisione, anche se non avevo al momento la benché minima idea di come sarei riuscita in questa che per me era un'impresa ancora più ardua dell'avvicinare un passero, dato che di smancerie non me ne intendevo affatto.

Wiko avrebbe dovuto dire all'orecchio del passero che aveva bisogno della convocazione del Crescenzo. Il passero avrebbe dovuto volare veloce alle scuderie Williams per riferire a Bolt, il cavallo in carica come presidente, di questa richiesta.

Bolt, da parte sua, avrebbe esaminato il calendario, scegliendo preferibilmente un giorno di plenilunio o di luna crescente e lo avrebbe poi comunicato al passero il quale, a sua volta, avrebbe arruolato il suo stormo di appartenenza per portare il messaggio a tutti gli animali domestici della sua giurisdizione.

Affinché gli animali a casa sapessero che l'arrivo di un passero era dovuto a una comunicazione di servizio e non al fatto che si fosse bevuto il cervello mettendo a repentaglio la sua vita, era stato stabilito un segnale, cioè sarebbe dovuto entrare in casa, attaccarsi al filo che tiene appeso il lampadario del salotto al soffitto, stando nella conseguente posizione orizzontale per il tempo necessario ad essere visto da gatto, cane o qualunque altro animale presente in casa.

Sorse un inconveniente dovuto a certe case moderne che, essendo spesso prive di quei bei lampadari tradizionali, hanno lampade e faretti senza cavo sparsi qua e là. Tempo fa uno stormo di passeri insorse in protesta perché fosse adottato, in questi casi, un segnale alternativo. Fu quindi accordato un nuovo segnale, cioè poggiarsi sulla cornice di un quadro o un elemento d'arredo simile.

Tutti gli animali avvisati sapevano che da quel momento avevano due giorni di tempo per mettersi in viaggio verso le scuderie Williams.

Ora non restava che compiere il passo più difficile per Wiko: avvicinare un passero, catturarlo, soggiogarlo al suo volere senza torcergli una piuma e poi comunicargli la richiesta.

Il passero a quel punto avrebbe compreso le intenzioni benevole e da quel momento sarebbe diventato un suo grande amico.

La fase di avvicinamento del passero durò tre giorni. Wiko trascorse molto tempo appostato nei pressi del muro posteriore di casa, osservando il viavai di una coppia di passeri che aveva fatto il nido appena sopra il muro, in effetti sul tetto, tra due tegole danneggiate.

Il primo giorno andò così, con il muso di Wiko puntato verso l'alto.

Il secondo giorno si decise a salire sul tetto per osservare da un'altra angolazione le attività dei due passeri e così notò che uno dei due era assai più veloce dell'altro. Inoltre iniziò a prendere le misure per la cattura, valutando da che punto e quale distanza sarebbe stato più conveniente agire. Stabilì che appostandosi dietro uno dei comignoli che spuntavano dal tetto, avrebbe dovuto fare solo un balzo deciso e sferrare una zampata sul nido, in questo modo ne avrebbe bloccato almeno uno tra i due.

Il terzo giorno era quello destinato alla cattura che avvenne come previsto e non senza lo strepitio del povero passero.

Wiko se lo mise in bocca e lì lo tenne per qualche minuto. Il passero, stando tra i suoi denti ma sentendo che la presa era morbida, si rassicurò in breve tempo. Wiko spalancando le fauci lo fece cadere su una tegola e poi lo immobilizzò con una zampa alla quale aveva impresso il peso di tutto il suo corpo.

"Mi chiamo Wiko e vengo da te animato da buone intenzioni. Si tratta del Crescenzo".

Il passero udendo quella parola si distese e replicò in un vago accento bretone: "Mi chiamo Jean, se mi lasci andare hai la mia parola che avrai il mio aiuto".

Naturalmente Wiko dovette fidarsi e Jean non lo deluse. Appena fu liberato, rimase lì fermo, scosse solo un poco le piume che, sebbene non avessero subito nessun danno, avevano bisogno di una riordinata.

"Bene, se hai bisogno di convocare il Crescenzo ti sarò d'aiuto. Posso portare il messaggio a destinazione anche domani, le previsioni danno ottimo tempo" disse Jean nella sua voce sottile e composta.

"Grazie. Il tema che si dovrà dibattere è: Esiste un alone di energia che sta attorno alle persone, agli animali e alle cose. Perché alcuni riescono a vederla mentre altri no?"

"Mmmh... è un titolo un po' lungo, è possibile accorciarlo?"

"Credo di sì, ma lascia che ne parli con Birrosa Parsley" rispose Wiko.

"Accordato. Adesso sai dove trovarmi. E ora con permesso, credo sia il caso di dire ad Annette che domani sarò in viaggio". Annette, la moglie di Jean, assistette alla sua cattura e per quel breve periodo in cui il marito stette nella bocca di Wiko tremò al punto che le sue piume divennero completamente cotonate, sembrando così un batuffolo arruffato.

Wiko e Jean si congedarono con quella cortesia tipica di chi si è appena conosciuto ma sa che un forte legame li terrà uniti e molte saranno le occasioni per far crescere l'amicizia.

Wiko scese dal tetto, entrò in casa e si diresse verso di me che in quel momento mi divertivo a giocare con un drappo della tenda in salotto. Si sedette sulle zampe posteriori e attese un poco, poi: "Birrosa Parsley!"

"Uuups! Sì, eccomi, che c'è?" replicai di soprassalto.

"Innanzi tutto sai bene che Godet non gradisce che si giochi con le tende, quindi mi domando perché continui a farlo, secondariamente ti annuncio che Jean, il passero che vive sopra il tetto con Annette, porterà il messaggio all'orecchio di Bolt".

"Wow! Grazie Wiko, grazie davvero. Quando si metterà in volo per le scuderie Williams?"

"Domani mattina, ma c'è un problema".

"OohNoooo! Di cosa si tratta?" esclamai preoccupata.

"Niente di grave. Il tema è troppo lungo, occorre accorciarlo e questo è un lavoro per te".

"Oh beh accidenti, mi hai fatto agitare per nulla. Il tema sarà: L'aura, cosa è, chi può vederla e perché? Che te ne pare?" proposi.

"Direi che è molto migliore, sintetico e incisivo" concluse Wiko.

Ora non restava che risalire sul tetto e comunicare a Jean il nuovo tema per la convocazione del Crescenzo.

"Jean, ecco il tema ristretto, cosa ne pensi?" disse Wiko dopo averglielo trasmesso all'orecchio.

"Molto, molto meglio, non v'è dubbio. Partirò domani mattina e appena Bolt avrà deciso porterò la comunicazione al mio stormo di appartenenza".

"Grazie Jean, veglierò su Annette quando sarai via" replicò Wiko in tono solenne e Jean ribatté con "Sì, ma non troppo da vicino, mi raccomando!" e fecero una bella risata che segnava l'inizio di una lunga serie.

Jean si mise in viaggio l'indomani all'alba. Essendo un passero percorreva piccole distanze facendo soste frequenti ma brevi e la sera stessa giunse alle scuderie Williams.

In seguito ci riferì che Bolt era nella sua casetta e stava già dormendo ma lui non esitò a posarsi con leggerezza sulla sommità del suo capo e avvicinandosi ad una delle orecchie disse: "Giungo da parte di Wiko, chiede la convocazione del Crescenzo sul seguente tema: L'aura, cosa è, chi può vederla e perché?"

Poi si mise in attesa ma subito Bolt spalancò gli occhi, mosse la sua bellissima coda fulva e soffiò intensamente dalle grandi narici. Le sue valutazioni furono immediate, il tema era valido e il prossimo plenilunio sarebbe stato tra una settimana quindi, anche se i tempi erano stretti, stabilì che ce l'avremmo fatta.

Jean volò via la mattina seguente per ritornare a casa. Fece un'ulteriore tappa presso il suo stormo chiamandolo a raccolta per portare il messaggio a tutti gli animali domestici della zona. Poi arrivò a casa quando si era già fatto buio ma venne comunque a comunicarci che nel prossimo plenilunio ci sarebbe stata l'assemblea del Crescenzo.

Avevamo sei giorni di tempo, ma considerandone circa

uno di viaggio, ne rimanevano cinque, durante i quali ripassammo il discorso introduttivo che Wiko avrebbe dovuto fare. Si trattava di un evento imperdibile e anche se non potevo viverlo da protagonista, sapevo che anche il ruolo di comprimaria mi avrebbe giovato, e poi non era certo questo l'aspetto importante quanto, invece, capire qualcosa in più.

Questi cinque giorni di preparazione al Crescenzo furono un po' interminabili, a tratti il tempo scorreva veloce, mentre in altri momenti mi sembrava proprio fermo. Credo che tutto questo fosse proporzionato a un'impazienza altalenante, ma alla fine il giorno della partenza arrivò.

Decidemmo di metterci in cammino all'alba, la gattaiola della porta finestra in cucina era sempre aperta e a quell'ora Sándor e Godet, in genere, stanno dormendo di gusto. Wiko era un poco titubante perché era sicuro che questa faccenda di sparire per quattro giorni avrebbe messo in subbuglio l'equilibrio della famiglia.

"Pensa Wiko, l'equilibrio è un fenomeno transitorio, esiste solo per ricordarci che tra due estremi vi è un punto di sintesi che quando si realizza è poi possibile richiamare in qualsiasi momento. Dura il tanto di pochi attimi. Quando un equilibrio è mantenuto troppo a lungo diventa rigidità".

"Cosa stai cercando di dirmi?" domandò insospettito.

"Che questo equilibrio familiare è statico, per cui ti crea immobilità, infatti, per concederti due zampate in serenità lo devi fare di nascosto, quindi in realtà non sei sereno e non riesci neppure a godere appieno di quelle piccole fughe".

"Pensi sia giunto il momento di creare un nuovo equilibrio tra Sándor, Godet e me?"

"Esatto amico mio, e credo anche che la libertà di muoverti ti tornerà utile quando sarai fidanzato con Rosabianca".

"Che cosa vai dicendo Birrosa! Voglio solo incontrarla per parlare con lei" esclamò scandalizzato.

"Sì-sì! Allora perché ti si sono appena rizzati i baffi?" chiesi per provocarlo.

"Perché non mi piacciono queste insinuazioni e poi ciò che io voglio da Rosabianca non è affar tuo!"

"Eeeh! Che permaloso! Vabene-vabene, scusa. Ad ogni modo sono sicura che poterti spostare da casa sapendo che Sándor e Godet sono tranquilli ti darà un altro modo di vivere. Ci vuole un gesto di rottura, una crisi, tanto quei due altrimenti non si schiodano".

Wiko sottolineò subito che "quei due, vorrei ricordarti, sono tra i migliori padroni di casa che potessero capitarci, chiaro?"

"Dai Wiko, non è il momento di discutere, sai bene quanto apprezzi Sándor e Godet, solo che non sono perfetti, tutto qua, e ora mettiamoci in marcia per favore".

**Clack-clack!**

**Clack-clack!**

Questo suono familiare della gattaiola non destò nessun sospetto di fuga ed in un attimo fummo sul muro posteriore della recinzione, saltammo giù nel giardino del vicino, Peter, ed incrociammo Pixel.

"Ciao Pixel, anche tu hai ricevuto la convocazione del Crescenzo?" chiesi entusiasta.

"Già, e abbiamo un bel po' di strada da fare" rispose con quella sua voce calma e vivace.

"Wiko, conosci la strada?" domandò Pixel.

"Nient'affatto!" esclamò sereno il mio amico.

Ma perché non ci avevo pensato prima? Wiko non si era mai spinto così lontano dato che le sue fughe segrete potevano durare al massimo qualche ora. Poveri noi!

“E adesso come facciamo?” chiesi preoccupata.

“Tranquilla Birrosa” mi rassicurò Wiko “abbiamo appuntamento con Theo a casa sua, da lì ci muoveremo tutti assieme”.

“Grazie amico mio, ho fatto bene a non dubitare un attimo di te!”

“Bene!” esclamò Pixel con il suo entusiasmo da gatto di due anni “allora in marciaaa!”

Percorremmo un viottolo secondario tra due file di case e giungemmo al lungocanale che ci avrebbe condotto da Theo. Fin qui nulla di nuovo, avevamo battuto questa strada molte altre volte, conoscevamo bene anche i pericoli.

Theo era pronto, ci aspettava vicino al cancello e vedendoci arrivare fece un piccolo balzo per portarsi sul marciapiede e venirci incontro. Ci disse che altri piccoli gruppi composti al massimo da quattro gatti, si erano mossi per le scuderie Williams, mentre i cani sarebbero andati in coppia per non dare troppo nell’occhio. Cincillà, conigli, criceti e l’unico iguana del quartiere, si sarebbero messi in marcia nel pomeriggio, quando il traffico è di norma meno intenso, per evitare così di essere schiacciati o, peggio ancora, catturati.

Alcuni uccelli che godevano della fiducia dei padroni e che quindi avevano la porta della gabbia sempre aperta, potevano mettersi in viaggio muovendosi con destrezza e velocità, quindi sarebbero partiti all'imbrunire.

Era importante non costituire dei gruppi troppo numerosi per evitare che qualcuno potesse chiamare quei camioncini che catturano gli animali randagi. Per noi non vi sarebbe stato nessun modo di dimostrare che eravamo domestici, solo Regina, che era in viaggio con un altro piccolo gruppo, aveva un collare con la targhetta che riportava il suo nome e l'indirizzo di casa.

Le scuderie Williams si trovano in campagna, appena fuori città. Avevamo calcolato che per noi gatti un giorno di viaggio, procedendo a passo spedito, sarebbe stato sufficiente. La città è davvero grande e affascinante ma non era assolutamente possibile soffermarsi a curiosare.

Noi viviamo in un distretto situato a Nord del complesso urbano e la nostra meta da raggiungere era anch'essa a Nord. Theo ci disse che se avessimo abitato a Sud, avremmo fatto capo ad un altro comitato, dal titolo distintivo di Saint Germain, che era nato per gli animali che vivono da quelle parti e per i quali il viaggio fino a Nord sarebbe stato davvero troppo lungo e pericoloso.

Percorremmo viottoli, parchi, salimmo su muri e corremmo veloci negli attraversamenti stradali, scorgendo di tanto in tanto dei piccoli gruppi di gatti in lontananza o coppie di cani. Non era per niente facile essere certi che fossero diretti nello stesso posto in cui anche noi stavamo andando, poteva trattarsi di qualche banda di randagi, non proprio noti per la gentilezza del carattere.

Per fortuna, anche incrociando due di queste gang, sapemmo mantenerci a debita distanza e tutto filò liscio.

Finalmente, usciti dalla città, ci trovammo in una splendida campagna, verde e rigogliosa che ospitava ampi pascoli per pecore e bovini. Io non li avevo mai visti da vicino e capii che era possibile individuare un allevamento dal singolare odore che lo caratterizza.

Giungemmo alle scuderie Williams al calar del sole, come previsto, e Theo ci disse che almeno per la prima volta saremmo dovuti entrare dall'ingresso principale, ché era un bel vedere.

Ci trovammo di fronte a un cancello enorme sul quale campeggiava la scritta Scuderie A. Williams e dal quale si accedeva ad un lungo sentiero fiancheggiato da siepi. Oltre le siepi si trovavano dei grandi prati verdi con i circuiti per l'allenamento dei cavalli e giù, in fondo al viale, una bellissima casa di mattoni rossi, a più piani e con molti comignoli.

"È una casa piuttosto antica" disse Theo, "tutti quei comignoli corrispondono ad altrettanti caminetti, un tempo unico modo per riscaldare la casa".

"Accidenti!" esclamai sorpresa "chissà quanta legna bruciano allora!"

"Oh, ormai non più, Sir Anthony ha fatto installare i termosifoni e mantiene attivi solo due camini in tutta la casa, più un forno" spiegò Theo.

"Amico, dove si trova la stalla?" domandò Wiko in tono impaziente.

"Oltre la casa. Questa tenuta è molto grande, tra qualche minuto saremo là" lo rassicurò Theo.

Sorpassata la grande casa, scorgemmo la stalla e subito dietro di essa una lunga fila di larici.

Eccoci arrivati. L'assemblea si sarebbe tenuta ai piedi degli alberi per consentire agli uccelli di trovare posto sui rami più bassi e a tutti noi di acciambellarci vicino ai tronchi.

La notte era ormai scesa e la luna piena si alzava nel cielo buio illuminando tutta la zona con la sua delicata luce bianca. Ciò che si vedeva era un'adunanza numerosa di animali di razze diverse, riuniti in pace e con un intento comune. Tutto era assai diverso dal Caos, composto invece solo di gatti, spesso litigiosi, mentre qui il solo fatto di essere più diversi del solito, aveva placato ogni animosità e regnava un clima di pace.

Inoltre i cavalli non avrebbero mai permesso alcuno scontro.

Bolt dominava tutta l'assemblea con la sua presenza regale e appena fu sicuro che nessun altro animale fosse in arrivo, aprì la seduta.

"Buona luna a tutti!" esclamò con un vocione che risuonò tra i larici. "Il Crescenzo è qui riunito in pace e serenità come avrebbe voluto il caro Enzo al quale dedichiamo un breve ma intenso pensiero di riconoscenza, ringraziandolo per aver creato questo comitato il cui lavoro ha portato tanto bene a noi animali domestici. Il tema della presente seduta è: L'aura, cosa è, chi può vederla e perché? Lascio la parola a Wiko, il gatto che ci ha convocato tutti".

"Buona luna, cari membri del Crescenzo. Voglio

ringraziarvi per essere qui numerosi. Consapevole del fatto che per alcuni il viaggio è stato più lungo o più pericoloso del mio, vi giunga la mia riconoscenza. Ho spesso sentito parlare di questo comitato, so che è un organismo che ha lavorato bene in passato portando comprensione alle faccende di ordine superiore come quella che sarà qui discussa stanotte. Tutto quello che conosco rispetto all'aura è che essa sarebbe un campo di energia che circonda i corpi. Ciò che non so è a cosa serve. Pare inoltre che qualcuno riesca a vederla. Perché non tutti? Sono semplici domande che, tuttavia, meritano una risposta" concluse Wiko.

"La parola è concessa a coloro i quali volessero dare un parere o un contributo" invitò Bolt che fece da moderatore di tutta l'assemblea.

"Prego Portius, a te la parola" disse Bolt a un cane lupo dagli enormi occhi marroni.

"Grazie Bolt. Come già espresso da Wiko, l'aura si presenta come un alone di energia che circonda i corpi. Ho udito che l'aura può assumere diverse forme e colori e che si estende di qualche metro oltre il corpo".

"È dunque come avere un altro corpo?" chiese Wiko.

"Credo possa considerarsi una cosa simile" concluse

Portius.

Fu la volta di Cianfrusaglia, un gatto anziano color rame con ciuffi bianchi di pelo sparsi qua e là, che disse: "Ciò che si sa dell'aura è che essa cambia forma e un certo colore si acuisce in relazione alle emozioni che si provano. Sarebbe come una specie di corpo emotivo".

"Ma queste emozioni si possono vedere anche dal corpo fisico, no?" osservò Frangia, un collie di dimensioni enormi.

"Il corpo fisico però riesce spesso a mascherare il modo in cui ci si sente davvero, mentre l'aura non mente. Quante volte uno è arrabbiato o seccato per qualcosa e non lo dà a vedere? Tuttavia nell'aura non ci sono segreti" osservò Minerva, un passero posato sul primo ramo in basso di uno dei larici.

"Quindi è una fortuna che non tutti abbiano la possibilità di vederla?" domandò Wiko.

"Forse è una fortuna, evita intrusioni. Alcuni possono vederla ma non sono tanti e questo dipende dal fatto che abbiano stabilito un contatto con la propria anima, ma è una faccenda che a noi animali non interessa, per ora" disse Mangrovia, l'unico iguana dell'assemblea che aveva la caratteristica di parlare veloce e con una strana voce che sembravano due.

"E perché a noi animali non interessa?" chiesi. Mi era proprio scappata questa domanda pur sapendo che, data la mia età, non avevo ancora diritto di parola ma potevo solo assistere.

Tutti si girarono verso di me fissandomi e si sollevò un brusio generale fatto di commenti stupiti.

"Tu devi essere Birrosa Parsley, giusto?" chiese Bolt in tono affabile. Poi aggiunse: "Puoi rispondere".

"Sì sono io, come fai a saperlo?" era davvero più forte di me, avevo fatto un'altra domanda!

"Come presidente del Crescenzo sono costantemente informato sugli animali che sviluppano capacità particolari e mi pare di ricordare che tu abbia imparato a scrivere e a leggere, il che ti dà il diritto che altri animali acquisiscono solo con l'età, cioè quello di intervenire ai dibattiti. So anche che sei molto curiosa e questo ti rende onore, stai solo attenta a ciò che ricerchi, devi sempre essere guidata dal desiderio di scoprire la verità che non è mai affascinante, essa è, semmai, semplicemente bella" concluse Bolt.

"Oh, beh, grazie Bolt, io sono onorata di questa possibilità e vorrei solo che qualcuno rispondesse alla mia domanda”.

“Noi animali abbiamo un’anima di gruppo, non ancora una individuale, per cui al momento risulta difficile vedere l’aura di ognuno” rispose Freezzy, un paffutissimo cincillà.

“Quindi possiamo dedurre che gli uomini tutti hanno un’anima?” chiesi ancora.

“Esatto, ma non tutti vi hanno ancora stabilito un contatto saldo” aggiunse Soleluna e proseguì dicendo “per cui certe persone dicono di vedere l’aura ma in affetti scorgono solo un alone chiaro attorno ai corpi e poi si suggestionano al punto di affermare che hanno visto forme e colori. Spesso queste persone si autoproclamano guaritori o maestri ma è più il male che il bene quello che fanno. Sono pochi invece quelli che usano questa capacità in maniera molto discreta e soprattutto, in genere sono esseri assai evoluti, non ne fanno mai sfoggio e non si propongono né come santoni né fondano scuole per raccogliere la devozione di discepoli emotivi” concluse Soleluna.

Come parlava bene! Con lei capivo sempre tutto.

“Possiamo dire che l’aura esiste e che col tempo gli uomini, progredendo, impareranno a vederla e usare correttamente questa capacità?" chiesi ancora.

"Sì, è possibile. Un giorno la vedranno con gli occhi dell'anima e noi animali, stando vicino a loro, possiamo imparare tanto ed evolvere a nostra volta" aggiunse Bolt.

Ci fu una lunga pausa durante la quale tutti presero a chiacchierare tra gli appartenenti alla stessa razza, tranne l'unico iguana che salì su un ramo e rimase in paziente attesa.

Questo grande parlare faceva parte di un preciso momento dell'assemblea che si chiama Riferimento in cui ogni delegato dei vari gruppi di animali fa una sintesi alla propria razza.

A un tratto ci fu silenzio, una nube passando nel cielo oscurò la luna per qualche attimo e quando la luce tornò Bolt disse: "È avvenuto *il passaggio della nube*, così come è accaduto alla nostra comprensione che si è rischiarata dopo essere stata attraversata dalle nubi dell'ignoranza. Sarà sempre la volontà a portarci avanti, ricordatelo cari membri del Crescenzo. E ora vogliamo tutti ringraziare Wiko e Birrosa Parsley. Trascorreremo qui la notte, Sir Anthony ne sarà felice e domani, con calma, potrete fare ritorno alle vostre case".

Ci spostammo alla ricerca di riparo. A un tratto sentii che qualcuno mi chiamava, era Rosabianca che mi invitava ad accoccolarmi accanto a lei.

Così feci ma aspettavo il momento giusto per tenere fede al mio patto con Wiko, perciò appena lo vidi passare lo chiamai. Lui si avvicinò, io guardai Rosabianca e le dissi che avrei ceduto il posto al mio grande amico. Lei ricambiò lo sguardo con i suoi bellissimi occhi azzurri e non disse nulla. Mi alzai e andai ad acciambellarmi accanto a Pixel che era rimasto solo.

L'indomani iniziammo il nostro viaggio di ritorno. Tutto sommato eravamo stati via da casa per due giorni, pensai dunque che Sándor e Godet non sarebbero di certo morti di preoccupazione.

Giunti al cancello d'ingresso del giardino Wiko si fermò e disse: "Farò rientro domani, stanotte vado da Rosabianca" e corse via veloce.

Io entrai in casa come se niente fosse. Appena Sándor mi vide gridò fortissimo: "Gooodeeeet!"

Lei corse in salotto, ancora con una matita in mano e vide che Sándor mi aveva preso in braccio e mi faceva mille coccole.

"Per fortuna è sana e salva, ma di Wiko non c'è traccia" disse Sándor un po' contento per me e un po' malinconico per l'assenza di Wiko.

"Vedrai che torna, sono sicura che stia bene, magari è solo innamorato!" rispose Godet con leggerezza prendendomi dalle braccia di Sándor e stringendomi a lei. Chissà come faceva a immaginare sempre le cose giuste!

"Sono sicura che sei affamata, vero biondina?" esclamò e riempì la ciotola con le mie crocchette preferite. Dopo quella mangiata con i fiocchi salii le scale di legno che collegano il piano terra al primo e senza neppure accorgermene mi ritrovai accovacciata nell'ultimo gradino in alto.

Il Crescenzo era una bella invenzione e anche se tutto questo aveva avuto inizio con la curiosità sul perché l'uomo è interessato all'intelligenza animale, ero grata che ci fosse stata questa divagazione e di aver trovato altre risposte a un nuovo quesito che era emerso da uno sfondo del tutto inaspettato.

Mi addormentai pensando che gli uomini sono davvero in gamba e che forse la scienza ha bisogno di quelli che sono in contatto con la loro anima. Ora dal gradino del primo piano la visuale era più ampia. Non mi restava che aspettare il ritorno di Wiko e non c'era cosa migliore che dormirci sopra.

Buonanotte.

# MUSICA, MAESTRO!

"Ciao tesorini, ciaociaociaociao!" disse Godet teneramente prima di chiudere la porta di casa e a lei fece eco Sándor con "Ciao! A più tardi e mi raccomando, non distruggete tutto!"

E noi cosa potevamo mai dire? Nulla, ovviamente e, infatti, semplicemente ce ne stavamo nell'ingresso di casa a guardarli andar via quella sera. Erano davvero carini, Sándor indossava un paio di pantaloni scuri, delle scarpe che erano un buon compromesso tra lo sportivo e l'elegante, una camicia azzurro-chiaro che sembrava quasi bianco e che aveva lasciato fuori dai pantaloni, infine una giacca beige e una coppola sulla testa. Da quando aveva messo via la bacchetta da direttore d'orchestra, si era anche liberato di quella eleganza cui era forzato durante i concerti. Aveva sempre detto che l'eleganza nell'abbigliamento che accompagna il mondo classico si sarebbe dovuta trasferire sul modo di suonare di certi orchestrali che non avevano classe né portamento.

Godet aveva indossato una gonna rossa, il resto era tutto in nero, calze, scarpe, maglia a collo alto e giacca. Lei si vestiva sempre in maniera semplice ma sapeva come impreziosire il tutto con un semplice tocco. Quella sera mise un unico orecchino pendente che terminava con una piccola sfera rossa.

Ciò che a noi piace dei nostri padroni di casa è che sono pacifici e sereni e questo ci permette di vivere in un ambiente molto bello.

Quella sera Sándor e Godet stavano andando a teatro e precisamente per un balletto classico. Sándor non è particolarmente amante del balletto, anzi spesso dice che la musica scritta per questo genere di espressione artistica è noiosa, senza includere in questa definizione tre signori che si chiamavano Prokofiev, Chajkovskij e Stravinskij che, invece, ama tanto. Ad ogni modo, per accontentare Godet era disposto a trascorrere qualche ora del suo tempo in un modo non proprio a lui congeniale.

Prima di andar via Sándor chiese a Godet: "Che musica

lasciamo in sottofondo?”

“Non saprei” rispose lei e poi “cosa hai messo l’ultima volta?”

“Non ricordo ...mmmh, vediamo un po’... metterò le Cantate di Bach!” e uscirono.

Io e Wiko rimanemmo dentro casa, stretti e accoccolati dentro un grande cesto di vimini il cui fondo Godet aveva pensato di ammorbidire con un soffice cuscinone. Il cesto era stato messo nei pressi di un termosifone, quindi eravamo ben sistemati in un giaciglio caldo-caldo.

Questa storia delle Cantate di Bach ci piaceva un sacco, altre volte Sándor le aveva lasciate in sottofondo e noi ne avevamo goduto appieno nei lunghi sonnellini. Quella sera, però, ero davvero curiosa di ascoltare la musica per balletto. Una volta Sándor disse che una certa musica è talmente bella che si esegue anche senza balletto, come concerto sinfonico. Doveva essere davvero straordinaria.

“Wiko, perché non andiamo anche noi a teatro?” proposi all’improvviso e con nonchalance.

“Ma sei impazzita?” ribatté lui strabuzzando gli occhi.

“Perché? Cosa c’è di male?”

“Birrosa Parsley, non ho nessuna intenzione di farmi

trascinare in un'altra delle tue imprese!" esclamò Wiko in tono deciso.

"Non ti piacerebbe ascoltare la musica per balletto?" cercai di persuaderlo facendo leva sulla sua grande passione per la musica.

"Certo che mi piacerebbe e ad essere sincero accade perché ogni tanto Sándor la mette in sottofondo" concluse Wiko.

Comunque io non mollai la presa e aggiunsi: "Dato che non è una cosa frequente e chissà fra quanto ricapiterà, perché non proviamo ad andare a teatro? Io non l'ho mai ascoltata! Ti prego amico mio!" in maniera supplichevole.

"Dammi solo una ragione valida per imbarcarmi in questa follia!" replicò Wiko in tono molto scettico.

"Bene, è molto semplice ma evidentemente non riesci ad arrivarci da solo" dissi per pungerlo nell'orgoglio e poi aggiunsi: "Questa non è solo un'occasione per ascoltare la musica, ma anche per vedere il balletto, semplice no?"

"Non se ne parla nemmeno! A te non basta intrufolarci a teatro quel tanto che sia sufficiente per sentire l'orchestra che suona, tu vorresti, che so, un posto in platea?" rispose Wiko in tono sarcastico.

“Platea? Cos’è? Non so neppure come è fatto un teatro!” ribattei innocente.

“Appunto, non lo sai, per cui lascia perdere, ok? Pietra sopra, va bene?” disse Wiko sperando di aver concluso il dibattito.

“Ma di cosa stai parlando? Cosa è questa faccenda delle pietre, e sopra che cosa poi?” non capivo come mai ora Wiko avesse usato quella espressione.

“Birrosa, è un modo di dire, significa che non ne parliamo più”.

“Però io ne voglio parlare perché ho come la sensazione che tu, invece, a teatro ci sia stato. Oppure mi sbaglio?” proseguii tenendo duro.

“Uffa Birrosa, per il patto di lealtà che abbiamo fatto tempo addietro, non posso mentirti né omettere fatti, per cui sì! Una volta sono andato a teatro, ci sono andato, va bene!?”

“E quando è successo?” chiesi stupita e incuriosita.

Wiko mi guardò, sapeva che avrei ascoltato con attenzione, per cui iniziò il suo racconto: “Ero ancora cucciolo, Sándor aveva paura di lasciarmi a casa da solo, così un giorno mi portò con sé. Doveva recarsi in teatro per parlare con il direttore artistico, sarebbe stata una cosa di pochi minuti, un quarto d'ora al massimo. Mi mise nella tasca esterna dello zaino che indossò sul davanti invece che metterselo in spalla, in modo da potermi tenere d'occhio.

Arrivammo al teatro in pochissimo tempo perché allora Sándor viveva a due passi da lì. Appena entrammo dall'ingresso artisti, iniziai a sentire dei commenti che dicevano *oh, ma guarda che carino! Pisipisipisi! Ciao! Cucciolo!* e cose di questo genere, poi nel giro di qualche minuto si creò un gruppo di persone che non solo avevano Sándor in grande considerazione, ma che inoltre erano in mia ammirazione, tutti intenti nel complimentarsi con il Maestro. Dicevano *direttore di qua, direttore di là,* c'era anche un nutrito stuolo di ammiratrici, tutte musiciste dell'orchestra che trovavano già di per sé attraente il direttore e che ora, con un simile cucciolo, era diventato irresistibile. Sándor ha sempre avuto la fama del direttore d'orchestra bello e molto riservato, nonché poco incline alle lusinghe, e questo aveva creato un alone misterioso tremendamente affascinante attorno a lui. Ora la faccenda del gattino aveva letteralmente fatto andare in visibilio le sue ammiratrici che forse iniziavano a scorgere il suo lato tenerone.

Il gruppo di curiosi cominciò a diventare più numeroso. Non so cosa mi prese, ma spinsi con le zampe posteriori nel fondo della tasca dello zaino e feci un balzo all'infuori. In un attimo mi ritrovai per terra tra una marea di gambe e piedi e grida che dicevano *Attenti! Attenzione a non calpestarlo!* per cui stettero all'improvviso tutti fermi mentre io me la svignavo. Sándor mi seguì ma quando stava per acchiapparmi riuscii ad infilarmi in un cunicolo dell'impianto di areazione del teatro."

"E poi cosa è successo?" chiesi con il fiato mezzo sospeso.

"Nessuno riusciva a stanarmi, ci provarono per delle ore, così Sándor, oltre che scusarsi dell'inconveniente con il direttore del teatro, chiese a tutti i presenti di contattarlo se fossero riusciti a catturarmi".

"Com'è andata a finire?"

"Fui recuperato due giorni dopo da una ragazza che si occupava delle scenografie dello spettacolo in preparazione. Lei contattò Sándor e concordarono di incontrarsi appena fuori dal teatro in modo che potessi essere restituito".

"Chi era questa ragazza?" chiesi con uno strano

presentimento.

"Era Godet. Con tutto l'amore che ha per i gatti, fu l'unica capace di farmi uscire da quel cunicolo".

"Quindi Sándor e Godet si sono fidanzati?"

"No, questo è avvenuto qualche tempo dopo, per il momento si erano solo conosciuti" rispose Wiko.

"In quei due giorni sei rimasto sempre dentro il cunicolo?" chiesi insospettita.

"Birrosa, ma che gatto mai sarei! Quando la prima sera tutti se ne furono andati alle loro case, uscii dal mio nascondiglio e girai per tutto il teatro e così anche la seconda sera. La mattina successiva alla mia seconda esplorazione, Godet riuscì a farmi uscire da quello spazio così stretto e perciò assai difficile da penetrare per un uomo".

"Come fece? Ti disse qualcosa in particolare?"

"Mi disse che Sándor aveva di certo tanta bella musica da farmi ascoltare a casa e che invece da quel cunicolo avrei udito i suoni in maniera distorta. Non so perché, ma questo fatto mi convinse. Lei mi prese dolcemente senza dire nulla. Le fui davvero grato e pensai che forse furono tutte quelle frasi sciocche di due giorni prima a farmi fuggire dalla tasca dello zaino di Sándor".

"Cosa successe poi?" chiesi ancora.

"Il resto te l'ho detto, Godet contattò Sándor e in mezz'ora ero di nuovo tra le sue braccia. Ovviamente mi disse che non mi avrebbe più portato con sé e che forse sarebbe stato meglio lasciarmi in casa a distruggergli le piante ornamentali e a sfilargli le tende del salotto".

"Da questo bellissimo racconto, che trovo anche un po' buffo, mi sembra di capire che conosci bene il teatro" in tono indagatore.

"Lo conosco e se le cose non sono cambiate credo che saprei ancora orientarmi".

"Allora potremmo andare! Ti prego!" rilanciai per l'ultima volta.

"Non ne vale la pena, non hai sentito che a Sándor non piace la musica per balletto?" smorzò Wiko.

"Non è vero, dipende dal compositore. Senti Wiko, sul mobile nell'ingresso di casa c'è il programma dei concerti, potrei dare uno sguardo e se ne vale la pena andiamo, che ne pensi?"

"Va bene, tanto non ne varrà la pena" tagliò corto Wiko con fare sicuro.

Salii sul mobile dell'ingresso e lessi: "Sergei Prokofiev – Romeo e Giulietta. Ne vale la penaaa!"

"Oh noo!" esclamò Wiko in tono di sconforto, poi puntualizzò: "E comunque si pronuncia Serghiei Prokofief!"

"Ok! Vada per Serghiei Prokofief allora!" replicai con gioia.

"Non so perché mai ti sto dando retta Birrosa. Hai almeno un piano in mente?"

Ormai Wiko non sapeva più a cosa appellarsi per scampare all'impresa di andare in teatro.

"Mi stai dando retta", risposi "perché queste avventure che ti propongo stanno iniziando a piacerti. Quanto al piano, non solo non ne ho alcuno, anzi penso che l'unica cosa da fare sia uscire di casa per andare a teatro. Tu, piuttosto, dovresti conoscere la strada, no?"

"Sì, spero di ricordarla bene e, a occhio e croce, penso ci voglia circa mezz'ora a zampa lesta" rispose Wiko.

"Bene, allora mettiamoci in marcia" dissi, e uscimmo attraverso la gattaiola della cucina. Ci ritrovammo nel retro della casa ma Wiko disse che visto che Sándor e Godet erano assenti, saremmo potuti uscire anche dal cancello principale.

In un attimo ci trovammo nel marciapiede della via più grande del quartiere ma Wiko preferì prendere subito una via secondaria per evitare traffico e persone.

Percorremmo un piccolo dedalo di strade interne e viottoli e, mentre mi guardavo intorno, pensai che questa città mi piaceva sempre di più perché anche nelle strade meno importanti conservava quell'alone antico e ordinato. Avevo come l'impressione che il popolo di questa terra fosse davvero civilizzato, ma era solo un'impressione.

Giungemmo ai bordi di un piccolo parco che attraversammo seguendo le linee del perimetro in modo da poterci nascondere dietro le siepi che ornavano gran parte del contorno, poi da lì balzammo veloci su un gradino enorme in pietra al quale ne seguivano molti altri ma tutti più piccoli. Wiko procedeva veloce ed io zampettavo allegra appresso a lui. Mi sarebbe piaciuto poter fare delle soste per esplorare alcuni angoli della città ma, come era già successo altre volte, dovevamo muoverci velocemente.

Al termine di tutti quei gradini di pietra approdammo su un lungo molo al quale però non era ormeggiata nessuna imbarcazione. C'era comunque un discreto via-vai di persone che si avvicendavano nei chioschi i quali, a giudicare dal profumino, vendevano panini con salsiccia, o qualcosa del genere.

Percorremmo tutto il molo fino a un'altra lunga fila di gradini in pietra, ma stavolta li facemmo in salita e finalmente fummo di fronte all'ingresso principale del teatro.

"Non possiamo entrare da qui, ci scaccerebbero immediatamente, per cui seguimi. Se le cose non sono cambiate, possiamo intrufolarci dal deposito materiali e, una volta dentro, farci strada fino al palco" disse Wiko.

"Palco?" domandai perplessa.

"Birrosa, il teatro è una struttura complessa formata da una moltitudine di spazi che hanno tutti un nome diverso. Il palco, ad esempio, è un luogo abbastanza ampio in cui si svolgono le scene delle opere e dei balletti mentre l'orchestra suona stando nel golfo mistico, una grande buca ai piedi del palco. Poi ci sono le quinte, cioè una zona dietro il palco in cui succedono un sacco di cose. Io pensavo di arrivare proprio fino alle quinte e lì trovare un posticino sicuro e strategico" concluse Wiko.

Non credevo che Wiko avesse una mentalità strategica,

forse perché di solito sono stata io a organizzare fughe e imprese di vario tipo. Devo dire che la presa del comando da parte sua mi faceva stare tranquilla, trovavo che fosse davvero bravo.

Facemmo il giro del teatro, era già buio e questo ci avvantaggiava, c'erano meno possibilità di essere notati.

Ci ritrovammo di fronte all'ingresso materiali e approfittammo del momento in cui alcuni tecnici e falegnami uscivano di lì per sgattaiolare dentro. Ci nascondemmo subito dietro una catasta di pannelli di legno e restammo fermi fino a quando ci fu nuovamente perfetto silenzio. Allora Wiko tirò fuori la testa per essere sicuro che effettivamente non ci fosse nessuno, poi mi guardò e mi disse: "Vedi quelle impalcature laggiù? Dobbiamo raggiungerle, salirci e infilarci in alto nel condotto di areazione, è chiaro?"

"Sì-sì, ti seguo" risposi piano-piano.

"No, stai ferma qui e osserva attentamente il percorso che faccio sin lì, poi tu lo ripeti fino a raggiungermi. Io ti aspetto all'imboccatura del condotto" ordinò Wiko.

"Va bene, vai allora!" lo incitai.

Wiko corse veloce facendo una prima tappa dietro un

grande scaffale che conteneva strani attrezzi, poi balzò sopra una montagnetta di tessuti e atterrò nuovamente sul pavimento. Da lì corse ancora veloce fino a raggiungere l'impalcatura. Giunto in alto fece un balzo e diede una zampata a una griglia che venne giù come se niente fosse, producendo però un gran baccano metallico. Fece immediatamente un altro balzo ed entrò nel cunicolo e lo percorse per un piccolo tratto fino a scomparire alla mia vista.

Io ero lì, ancora dietro la catasta di pannelli, che stavo per iniziare il percorso quando: "Ma porcaccia di quella miseriaccia! La stramaledetta griglia è caduta di nuovo! Ah! Ma se pensano che salirò su quella impalcatura per l'ennesima volta si sbagliano di grosso! Io l'avevo detto che bisognava sostituirla con una nuova. Se qualcuno mi chiederà conto dirò che non me ne sono accorto e che si arrangino!"

Era la voce veramente seccata di un signore che probabilmente era appena uscito da una guardiola non troppo distante. Chissà, forse era una specie di guardiano. L'unica cosa che sapevo era che avrei dovuto attendere per un momento prima di raggiungere Wiko.

Così feci, sbucai dalla catasta e nel modo più veloce possibile percorsi la stanza fino ad arrivare all'impalcatura. Accidenti che fatica arrampicarsi su quei pali, per fortuna erano di legno, quindi una unghiata di qua e una di là ed eccomi in cima.

Mancava solo un piccolo balzo. Da quella posizione potevo vedere gli occhi di Wiko nel buio del cunicolo. Lo guardai e saltai per raggiungere l'imboccatura dell'apertura ma ahimè quella griglia era proprio a portata di zampa e dandole un colpetto la feci precipitare sul pavimento in un frastuono che rimbombò in tutto il magazzino. Mi infilai velocissima nel cunicolo e assieme a Wiko iniziammo a percorrerlo tra le urla del guardiano che ci giungevano distanti e ovattate a mano a mano che procedevamo al buio, mentre in lontananza cominciavano ad arrivare le note dell'orchestra.

"Presto Birrosa, seguimi ma non stare troppo vicina, ok?"

"Va bene, starò attenta, andiamo!"

Wiko cominciò a inoltrarsi nel cunicolo di areazione che era abbastanza ampio da permetterci di camminare senza abbassarci o stringerci strisciando lungo le pareti. Ci fu una curva a sinistra e poi un'altra, una a destra e infine: "Birrosaaaaa!"

Santo Cielo! Wiko era caduto come un salame in un altro cunicolo attraverso una botola ed era successo perché io arrivando veloce e non vedendo che lui si era fermato, lo avevo urtato al punto da spingerlo giù. Io ero riuscita a non cadere grazie al fatto che Wiko aveva arrestato la mia corsa ma il nostro impatto fu determinante per lui. Ora mi ritrovavo da sola, sull'orlo della botola e senza sapere dove andare.

"Wiko, ti sei fatto male?" chiesi cercando di non fare troppo baccano e lui rispose: "Non so, mi fa molto male una zampa, forse me la sono slogata!"

"Che facciamo adesso? Oh, scusa amico mio, mi rincresce, è tutta colpa mia!" dissi dall'alto.

"Aaah! Lascia perdere! Pensiamo piuttosto a come uscire di qui" rispose con un fare molto pratico.

"Pensavo di raggiungerti laggiù, che dici?" proposi.

"Sì, è una buona idea, ma lanciati col posteriore in avanti, l'atterraggio sarà più morbido del mio. Da qui intravedo una luce, può darsi che ci sia un'uscita" concluse.

Feci come Wiko mi consigliò, mi lanciai dentro il

cunicolo e precipitai fino a giù, ma lui non c'era!

"Wiko! Wikooo!" chiamai disperata.

"Sono qui, procedi in avanti nel cunicolo di destra".

Facendo come mi disse lo trovai. Menomale, mi sentivo davvero spaventata.

"Senti Birrosa, da qui non so bene dove andremo a finire, è tutto da esplorare, d'altra parte per ora non me la sento di risalire da dove siamo arrivati, mi duole troppo la zampa, per cui diamoci una mossa. Possiamo solo farci guidare dalla musica, più la sentiamo forte più siamo nei pressi del palcoscenico, quindi aguzza l'udito".

Ci rimettemmo in cammino ma non smettevamo più di girovagare e anche quando la musica era più forte non trovavamo via d'uscita. A un tratto udimmo uno scroscio di applausi, Wiko si fermò, si girò verso di me e guardandomi negli occhi disse: "Lo spettacolo è finito" in tono molto serio e dispiaciuto, poi aggiunse "torniamo indietro e cerchiamo di uscire da questa trappola".

Io rimasi in silenzio, mi sentivo in colpa per averci cacciato in questo pasticcio. L'unica cosa che mi restò da fare fu seguire Wiko.

Giunti di nuovo al cunicolo dal quale eravamo

precipitati, Wiko mi disse di risalirlo arrampicandomi sul tubo che scorreva al suo interno, lui avrebbe cercato di risalire nonostante il dolore alla zampa e così mi seguì.

Finalmente qualcosa andò per il verso giusto e fummo ambedue nel cunicolo dal quale eravamo partiti. Una curva a sinistra, due a destra ed eccoci all'uscita. Scendemmo dall'impalcatura e facemmo a ritroso anche il percorso nel magazzino dei materiali. Poi Wiko mi disse che non ci saremmo nascosti ma che, invece, saremmo andati a miagolare sotto la guardiola.

"Perché mai?" chiesi stupita.

"Ho sentito che genere di cose ha gridato quel guardiano quando la griglia è caduta e da ciò che ha detto, e anche dal modo in cui lo ha detto, ho avuto l'impressione che oltre ad essere pigro, non sia uno di buon cuore quindi non può amare gli animali, per cui vedendoci ci scaccerà via. Stai attenta Birrosa, potrebbe menare qualche calcio, e allora sarebbero dolori!"

Era tutto chiaro, avremmo dovuto essere davvero scaltri. Il nostro miagolio ebbe inizio e come previsto da Wiko il guardiano sbraitò una lunga serie di PUSSAVIAA! BESTIACCE MALEDETTEEE!

Però, tra una maledizione e l'altra, ci aprì la porta restando forse con l'illusione di averci scacciato ma facendoci, in realtà, un grandissimo favore.

Eravamo fuori dall'incubo ora. Non ci restava che tornare a casa sani e salvi. Ce ne stavamo lì al buio, faceva freddo e sapevamo che avremmo dovuto aspettare che un po' di pubblico si mettesse sulla via del ritorno a casa per non rischiare di essere schiacciati nel traffico di quel momento.

All'improvviso udimmo: "Wiko! Birrosa Parsley! Sándor, ti prego, non posso credere che siano loro!" esclamò Godet.

"Accidenti! Ma che ci fanno qui!" aggiunse Sándor stupito.

Wiko in un attimo mi intimò di restare ferma dove mi trovavo e tutto sarebbe andato nel modo migliore.

Sándor e Godet si avvicinarono con un'espressione spaventata e incredula allo stesso tempo. Godet mi prese in braccio e così Sándor fece con Wiko.

Non osammo opporre resistenza e in pochi minuti fummo sui sedili posteriori della macchina, diretti verso casa.

"Ma cosa gli sarà venuto in mente a questi due!?" disse

Sándor in tono leggermente seccato.

"Dai Sándor, non essere severo, a me fanno tanta tenerezza. Per fortuna non è successo nulla di grave" replicò Godet.

"Già, per fortuna" concluse lui.

Il resto del tempo in macchina fu silenzioso, ogni tanto Godet si girava a guardarci e ci faceva dei bellissimi sorrisi.

Giunti a casa, Sándor aprì lo sportello della macchina, noi scendemmo con la coda tra le zampe ed entrammo in casa dalla gattaiola della cucina.

"Wiko, l'abbiamo fatta grossa?" domandai preoccupata.

"Ma no, non vedi che sono anche vagamente divertiti?" mi rassicurò lui.

Andammo in salotto a quando Sándor ci vide disse: "E così volevate ascoltare Prokofiev? Bene, eccovi accontentati" e fece andare il disco di Giulietta e Romeo.

Io e Wiko ritornammo nel cesto in vimini in cui era iniziata tutta questa storia.

"Che bella musica, Wiko!"

"È straordinaria!" replicò lui con entusiasmo.

"Chi sono Giulietta e Romeo?" chiesi.

"Sono due amanti".

"Aaah! Allora è una bella storia, divertente, una commedia?"

"Non direi, è una tragedia" rispose Wiko.

"Che differenza c'è?" chiesi incuriosita.

"La differenza è poca. La storia è la stessa, solo che nella commedia alla fine i personaggi principali vivono felici e contenti, invece nella tragedia alla fine muoiono".

"Ooh! Allora meglio non averlo visto questo balletto, pensa che tristezza!"

"Come? Potevi dirlo prima che le storie tristi non ti interessano. Non ci saremmo mossi di casa!"

"Ma io non potevo saperlo ed ora non stare a recriminare! Sai cosa ti dico? Godiamoci il calduccio, la ritrovata sicurezza e... Musica, Maestro!"

# GRAZIE

Era una perfetta domenica autunnale con l'aria frizzante e un cielo azzurro puntato di nuvole che sembravano tante pecore di cotone. C'era silenzio nel vicinato e verso sera il profumo di castagne arrosto avrebbe iniziato a spandersi fino a raggiungere tutte le case da quell'angolo laggiù all'incrocio, dove quattro vie importanti si incontravano e quelli che sarebbero passati di lì non avrebbero potuto, almeno per un attimo, che pensare alle castagne. Naturalmente ci sarebbe stato chi non si sarebbe accorto di nulla. La maggior parte delle persone aveva perso la gioia dell'osservare, e ci sarebbe stato persino chi non avrebbe sentito neppure l'odore. Che tristezza!

Quanti sarebbero stati quelli che, notando il venditore di caldarroste, avrebbero detto Grazie? Un semplice grazie, anche se poi alla fine non compreranno le castagne.

Grazie per il profumo, grazie per il rudimentale e affascinante banco in legno e lo scoppiettare delle scintille della brace e grazie per quella lampadina sospesa alla bella e meglio per illuminare un poco, grazie per la coperta marrone di lana messa a doppio strato sulle castagne già arrostite per tenerle calde e grazie per i cartocci dove "Sì, me ne metta il tanto di cinque euro" e poi torni a casa e le porti a Godet. E grazie per che quando Sándor consegna il cartoccio caldo a Godet, lei diventa come una bambina, gli occhi le si riempiono di golosità, allora corre a prendere qualcosa da bere che si accompagni alla consistenza pastosa delle castagne e, dopo averne mangiato un bel po', ogni volta inizia a dire che quel pasto è la sua cena e che nonostante la pancia piena non riesce a fermarsi.

"Ogni anno la stessa storia" mi disse Wiko. "Questo rituale delle castagne arrosto si ripete puntuale ad ogni autunno e ciò che mi sorprende è che Godet è puntualmente grata, come se ogni volta fosse la prima, come se non si abituasse mai".

Mentre Wiko diceva queste parole, pensavo che noi animali non diciamo mai grazie, è tutto scontato perché viviamo seguendo gli istinti e guidati dalle regole naturali che non ci lasciano scampo, per cui non c'è da ringraziare nulla. Anzi forse la Natura deve ringraziare noi per come eseguiamo i suoi ordini.

Ma forse non è così che stanno le cose, perché dal momento che viviamo in una casa e ci viene provveduto riparo e calore, io penso che dovremmo iniziare a ringraziare. Da quando gli animali vivono nelle case, come accade a noi gatti, ai cani e ad altri, stanno cominciando a sperimentare cosa sia l'affetto, la bellezza delle coccole che prima, quando l'unica possibilità era essere randagi, non esisteva affatto.

Osservando Godet e la gratitudine per il suo cartoccio di castagne, ho sentito che anche io e Wiko avremmo dovuto trovare il modo di essere grati.

"Wiko, ci sono delle altre occasioni in cui Godet ringrazia Sándor o viceversa?" chiesi.

"Sì, e sono molteplici. Non hai mai notato cosa succede quando lui le regala dei fiori?"

"Certo! È vero, lei si emoziona, sorride e ringrazia, poi li sistema in un vaso cercando infine il posto migliore in casa per farli risaltare" risposi.

"E poi dice grazie in numerose altre occasioni, quando

Sándor, ad esempio, le versa l'acqua nel bicchiere durante i pasti. Anche Sándor ringrazia spesso, per il caffè del mattino, i manicaretti del pranzo, i disegni e le attenzioni che Godet ha per lui. In generale ringraziano tutti i giorni per tante cose" aggiunse Wiko.

Poi mi ricordai una cosa bellissima. "Forse tu non sai che ogni mattina Godet, prima di iniziare a lavorare nel suo studio, apre un quaderno dalla copertina nera rigida e scrive, dopo la data e il giorno, Grazie".

"Davvero? Che cosa curiosa!" esclamò Wiko.

"Già, è come se ringraziasse per qualcosa che non ha ancora ricevuto ma che sa che riceverà" conclusi.

Io e Wiko rimanemmo in silenzio per un tempo indefinito. A essere onesti, facemmo entrambi un lungo pisolino e fummo svegliati dallo squillo del telefono di casa. Godet rispose e sentimmo dire queste parole: "Pronto? Sì, buonasera dottoressa, sono io, mi dica..., certo, sì-sì, ho il titolo della mostra, è una semplice parola: GRAZIE. Come? Oh! Sono sicura che sia il titolo più indicato e incisivo che si potesse pensare, vedrà che funzionerà. Ci vediamo tra due giorni nel suo ufficio, porterò le diapositive dei lavori che ho preparato. Grazie per aver telefonato, buona serata".

Ancora una volta Godet aveva ringraziato e non solo, aveva perfino deciso di chiamare una sua mostra dandole il titolo Grazie. A questo punto dovevo cercare di capire di cosa si trattasse.

Quella notte mi nascosi nel suo studio e stetti lì a frugare cercando di non rovinare nulla di quanto lei avesse lasciato a portata di zampa. Nel suo ampio tavolo da lavoro erano disposti dei grandi fogli in cui erano rappresentate scene della vita quotidiana, come ricevere la posta, essere aiutati a portare le buste della spesa, mantenere la calma nel traffico intenso mentre tutti perdono il controllo, invitare al proprio tavolo una persona sola del tavolo vicino, e tutto questo non per ricevere un grazie ma per poterlo dare.

Avevo capito che Godet, negli ultimi tempi, aveva lavorato a un certo aspetto della gratitudine riferendosi non tanto a ciò che riguarda un dono o un fatto positivo e inaspettato che può capitare nella vita, quanto al saper dare valore alle risposte del prossimo.

Invitando una persona sola alla propria tavola la dobbiamo ringraziare perché ci sta permettendo di mostrare amorevolezza, generosità e apertura. Aiutando qualcuno a portare le sue pesanti buste della spesa, siamo noi che dobbiamo ringraziare perché ci ha permesso di attuare la nostra disponibilità.

Godet amava ribaltare il piano delle cose. L'avevo spesso sentita parlare con amici o con Sándor mentre cercava di trovare una nuova visuale. Le immagini che aveva realizzato su quei grandi fogli erano talmente belle che avrebbero di certo colto nel segno. Naturalmente il Grazie rimaneva sempre e comunque una parola "piena" ed efficace per esprimere riconoscenza per tutto quanto si riceve ogni giorno, ma da ora aveva un valore aggiunto relativo a quanto e come si riesce a dare.

Ero in parte sorpresa e in parte no, del resto Godet è attenta e riflessiva e in fondo da lei ce lo si poteva aspettare, però questa sua scelta per il tema del suo ultimo lavoro avevo come la sensazione che avrebbe sollevato svariati dibattiti. Forse era proprio ciò che desiderava.

Per quanto mi riguardava, sentivo il bisogno di parlare con i miei amici di questo Grazie.

L'indomani mattina Godet mi trovò addormentata sulla sua poltroncina da lavoro nello studio e teneramente si scusò per avermi chiuso lì dentro la notte prima, non rendendosi conto della mia presenza. Io la guardai sentendomi vagamente farabutta, se solo avesse saputo che mi ci ero volontariamente intrufolata! Corsi in cucina, Wiko mi aspettava davanti alla ciotola colma di crocchette, pronto per fare colazione e appena mi vide arrivare mi chiese stupito: "Ma che fine avevi fatto?"

"Ho dormito nello studio di Godet, avevo bisogno di capire perché ha dato il titolo Grazie alla sua mostra".

"Tu non ti accontenti mai Birrosa, non ti è bastata dunque la nostra conversazione di ieri? Sei sempre la solita!" e sorrise leggermente tra una crocchetta e l'altra.

"Non sarei Birrosa Parsley altrimenti!" esclamai ironica poi iniziai anche io a sgranocchiare.

Il resto della mattina trascorse serena e nel tardo pomeriggio decisi di andare a fare visita a Theo, anche solo per stare acciambellata sul muretto di casa sua a guardare le imbarcazioni passare. Wiko non venne con me, decise di andare a trovare Rosabianca. Arrivai da Theo in breve tempo, mi sistemai sul muretto e stetti lì da sola per qualche minuto, dopo di che fui raggiunta dal mio grande e maestoso amico nero dagli occhi gialli.

"Ciao Birrosa Parsley! Qual buon vento?" esclamò Theo.

"Vento? Non si muove una foglia!" replicai stupita.

"Oh già! Dimentico sempre che prendi le cose alla lettera e che data la tua giovane età non conosci ancora tutti i diversi modi di dire. Significa cosa ti porta qui, dato che è da tempo che non ci vediamo" concluse.

"Suppongo che il vento sia quindi usato come simbolo di qualcosa che trasporta, giusto?" domandai.

"Direi di sì. Dunque?" replicò Theo.

"Bene, mi porta il vento della curiosità e quello della condivisione, che te ne pare?"

"Oh! Niente male Birrosa cara, sono due venti molto buoni che ti hanno condotto qui in una giornata speciale" disse Theo nel suo tono sempre accogliente e gentile.

"Speciale? Perché mai?" chiesi incuriosita.

"Vedrai più tardi. Cosa, invece, vorresti condividere?" mi chiese lui che non perdeva mai il filo di un discorso.

"Si tratta del Grazie" risposi.

"Cosa c'è che ti incuriosisce?"

"Ecco, Godet e Sándor si ringraziano spesso per ciò che fanno l'uno per l'altra".

"È una cosa naturale" disse Theo.

"Sì, è un grazie per ciò che ricevono, per le gentilezze che si scambiano, ma c'è dell'altro. Godet ha appena preparato una mostra sul tema della gratitudine, proponendo di vivere il grazie non solo per ciò che si riceve, ma anche per quello che gli altri ci permettono di dare" spiegai.

"È molto interessante come punto di vista. Godet ha sempre un pensiero in più sulla vita!" esclamò Theo e poi aggiunse "da ciò che dici, sembra che tutto ti sia chiaro o mi sbaglio?"

"Vedi bene, è chiaro e anche per me questo punto di vista è bellissimo, penso solo che forse anche noi gatti dovremmo abituarci a ringraziare, non trovi?" proposi.

"Beh, certamente non costa nulla, tuttavia non credo che capirebbero dal nostro miagolio" rifletté Theo.

"Non importa! Ciò che ha valore è l'intenzione, e se è vero che l'energia esiste, i nostri padroni di casa, pur non capendo la nostra lingua, potranno almeno essere raggiunti dalla nostra buona disposizione".

"Devo ammettere che hai ragione, ciò che conta è il movente e poiché essi ci amano, il nostro grazie troverà il modo di raggiungerli. Del resto stiamo imparando tanto da loro e questa è una cosa che può aiutarci a crescere" disse Theo in modo riflessivo.

"Lo credo anche io. Questo fatto del ringraziare lo vorrei proporre a tutti i gatti della zona" aggiunsi.

"Nulla di più semplice. Manderò un comunicato tramite il mio amico Severion all'Ufficio Sviluppo Felino. Sono certo che sarà inserito tra le regole del buon vivere domestico" disse Theo con entusiasmo.

"Ti ringrazio amico mio. Ti posso chiedere chi è Severion?"

"Severion è il mio amico passero che soggiogai anni fa per una riunione del Crescenzo e da allora siamo rimasti ottimi amici. Ora sai che i passeri possono essere usati anche per le comunicazioni e le proposte all'USF".

"Oh, beh! Grazie per l'informazione, lo dirò anche a Wiko che ha un amico passero bretone di nome Jean".

Ormai l'imbrunire aveva condotto la tarda sera fin sul muretto dove me ne stavo a chiacchierare con Theo. Feci per andar via quando: "No, aspetta! Guarda laggiù" mi disse Theo.

Arrivava in lontananza il gatto più grande e bello che avessi mai visto. Era semplicemente enorme, biondo-rossiccio e con gli occhi color miele, il mio stesso manto e colore degli occhi ma il pelo molto folto.

"Santo Cielo!" esclamai.

"Si chiama King ed è di razza Maine Coon" disse Theo, "è arrivato nel quartiere una settimana fa. Soleluna gli ha dato il benvenuto ed io gli ho detto che spesso sul muretto poteva trovare alcuni di noi intenti a osservare e dibattere qualche tema. È un gatto molto mansueto e coccolone, ti troverai bene" concluse.

King era ormai vicino ed io decisi di accoglierlo amichevolmente: "Ciao, io sono Birrosa Parsley!"

"Ciao, io sono King e sono felice di conoscerti. È vero che scrivi?"

"Oh! Sì, è vero" risposi stupita domandandomi come potesse saperlo.

"Cosa scrivi?" chiese ancora.

"Cronache di ciò che vedo".

"E perché?"

"Perché mi piace e spero che un giorno qualcuno le legga".

E fu in quel momento che sentii di dover ringraziare tutti quei lettori che non c'erano ancora stati ma per i quali avevo scritto.

# NOTE SULL'AUTORE

Mi chiamo Valeria Martini e ho imparato a scrivere. Scrivo con la mano sinistra, in inchiostro nero, dentro dei quaderni con la copertina rigida e nera. Quando rileggo ciò che ho scritto, a volte mi sorprende non ricordare di averlo scritto. La mia decisione di diventare una psicologa è probabilmente legata al tentativo di scoprire questi strani fenomeni. Ma oltre tutto questo, la mia vita è rivolta all'arte, da quando sono viva.